光文社文庫

文庫書下ろし

ちびねこ亭の思い出ごはん

チューリップ畑の猫と落花生みそ

高橋由太

光 文 社

この作品は光文社文庫のために書下ろされました。

目次

図書館の猫とソーセージ鍋

東京ドイツ村

ドイツの田園風景を再現した自然体験型のテーマパークで、広さは、東京ドーム19個分に相当する。園内には観覧車を始め、アトラクションやパターゴルフができる施設を建設。羊やヤギ、モルモットなどの動物と触れ合うことができる「こども動物園」も併設した。また春先は芝桜やポピー、夏場はひまわり、秋はコキアと、四季折々の花々が楽しめるのも特徴だ。

東京ドイツ村という名前の由来について、担当者はこう語る。「オーナーがドイツに行ったとき、田園を見て感動しまして。袖ケ浦《そでがうら》の丘陵地と田園が似ていたこともあり、ドイツの田園を再現したテーマパークをつくりました。1997年には東京湾アクアラインも開通。首都圏から近くなったということで、施設名に〝東京〟とつけました」

（2019-03-08 ORICON NEWSより）

櫻井登《さくらいのぼる》が、二十六歳のときに見た夢は平凡なものだった。

結婚して一年も経っていないころのことで、妻の和美《かずみ》は妊娠していた。夫婦ともに公立中学校の国語の教師だった。研修で知り合い、半年間の交際を経て結婚した。千葉県君津《きみつ》市にあるマンションで新婚生活を送っていた。穏《おだ》やかで地味な暮らしだった。

出産予定日が近づき、初産《ういざん》だったこともあって少し早めに入院をしたが、妻は健康で不安はなかった。医者にも「心配はいりませんよ」と言われていた。和美は病院のベッドで退屈そうにしていて、登が見舞いに行くと喜んだ。「こんなに早く入院する必要なかったんじゃないの」と苦情を言うことも、しばしばあった。

それでも出産を控えて感傷的になっていたらしく、あるとき、こんな言葉を口にした。

「家族三人で幸せになれるといいわね」

登はすぐに返事をせず、眉間《みけん》に皺《しわ》を寄せて、考え込んでいるような難しい顔を作った。

二月が終わろうとしている寒い日のことだった。病室の窓から見える空は、どんよりと曇っていた。

「……それはどうかな」

声を落として呟《つぶや》くように言った。すると間があった。和美は驚いたようだ。目を丸くしていた。ただでさえ大きな目をいっそう見開いている。そして、その顔のまま聞き返してきた。

「幸せになれないの？」

これ以上の悪ふざけは禁物《きんもつ》だろう。母体に影響が出ても困るし、あとで叱《しか》られてしまう。

「幸せにはなれるよ。だけど、生まれてくる子どもが一人とはかぎらない」

つまらないことを言ったものだと思うが、和美は怒らなかった。登の下手な軽口に付き合ってくれた。

「そうね。双子かもしれないし、三つ子かもしれない」

「四つ子かもしれない」

事前の健診で生まれてくるのは一人だとわかっていたくせに、夫婦はそんな話をした。冗談を言い合って笑った。登は幸せだった。妻もきっと幸せだったと思う。

——妻と子どもの三人で幸せに暮らすこと。

それが二十六歳のときに見た夢だ。和美の言葉がそのまま夢になった。妻が見せてくれた。

普通に働いて、家族三人で暮らす。金持ちにならなくてもいい。仲よく暮らしたかった。そうして歳を取っていきたかった。ありきたりで平凡な夢かもしれないけれど、心の底から望んでいた。

平凡な夢は、多くの人間にとっての現実だ。誰もが叶《かな》えられるものだと、二十六歳のころの自分は思っていた。幸せになれると信じていた。


寒い二月が終わり、暖かい春になった。登と和美の夢は叶った。娘が生まれ、家族は三人になった。生まれたばかりの赤ん坊を抱く妻の姿は、涙ぐんでしまうくらい美しかった。人生を懸けて、この二人を愛そう。幸せにしようと登は改めて誓った。

親として初めての仕事があった。赤ん坊に名前を付けることだ。夫婦で額を寄せ合うようにして名前を考えた。登も候補をいくつも出したが、最終的には和美の意見が通った。

「三月三日に生まれたんだから、『桃子《ももこ》』がいいと思うの」

桃の節句《せっく》に生まれた桃子。

今どきの名前ではないのかもしれないが、いい名前だと思った。古来、桃には邪気を払う力があるとされていて、生命力の象徴でもあった。中国では、仙果《せんか》と呼ばれている。桃を食べることで長寿になるという伝説もある。不老長寿の果物とされていた。

「元気で長生きしそうな名前だな」

「それが一番でしょう」

妻の言葉はいつだって正しい。どうしようもなく正しかった。


——月日は百代《はくたい》の過客《かかく》にして、行きかふ年も又旅人也。

松尾芭蕉《まつおばしょう》の『おくのほそ道』の冒頭だ。毎年のように授業で扱っていて、教科書を見なくても冒頭部分は暗唱できる。現代語訳も頭に入っていた。

過客とは通りすぎていく人間のことだが、歳月だけでなく、すべての人間が過客なのかもしれない。しょせん、この世は仮の宿りなのだろう。誰もが、この世を通りすぎていく。いずれ、この世からいなくなってしまう。和美も通りすぎていった。

桃子が生まれた三年後、妻は死んでしまった。娘の誕生日を翌月に控えた二月のことだった。頭が痛いと言い出し、真夜中すぎに倒れた。慌《あわ》てて救急車を呼んだが、間に合わなかった。病院に着いたときには、心臓が止まっていた。脳出血を起こしていた。

原因はやがてわかった。夕方すぎ、学校から帰ってくる途中、妻は事故に遭っていた。男子中学生の運転する自転車にぶつかって転び、頭をアスファルトに打ちつけていたのだ。

雪が舞うほど寒い日のことで、薄《うっす》らと歩道に積もっていた。そのせいもあって転んでしまったのだろう。

和美のほうが勤務地が近く、登より早く帰ってくる。着替えてしまえば、転んだことはわからない。目に見えるような怪我《けが》もなかった。また、妻はそのことを登に話さなかった。

事故を知ったのは、和美が死んでしまったあとだった。近所の老人がその一部始終を見ていた。ぶつかったのが中学生の運転する自転車だと教えてくれたのも、この老人だ。近所にある私立中学校の制服を着ていたようだ。通夜の席で土下座された。泣きながら謝られた。

「無理やりにでも病院に連れていけばよかった」

老人が何かをしたわけではない。中学生の家族ではない。言ってしまえば、事故には無関係だ。けれど責任を感じていた。

「あなたのせいではありませんよ」

登は、押し出すように言った。慰《なぐさ》めようとしたのではない。救急車を呼ぼうか、と老人は声をかけていた。妻が拒《こば》んだのだ。たいしたことがないと思ったのかもしれないし、大事《おおごと》にしたくなかったのかもしれない。自転車に乗っていたのが中学生だったということもあるだろう。同じ教師として、その気持ちはよくわかる。登だって、子どもを面倒事に巻き込みたくない。

けれど、妻の判断は間違っていた。病院に行くべきだった。ちゃんと診察を受けるべきだった。

和美にぶつかった中学生は、最後までどこの誰だかわからないままだ。

○

どんなに悲しんでも、時間は返って来ない。どんなに悔やんでも、もとには戻らない。未来に向かって旅を続けていく。時の流れに押されるように、生者は歳を取っていく。

和美が死んでから二十五年もの月日が流れた。登は五十四歳になった。この年齢になるまで恋人を作らず再婚もしなかった。祖父母たちに助けられながら、男手一つで娘を育てた。

親の贔屓目《ひいきめ》を差し引いても、桃子は立派な大人になった。もう二十八歳だ。子どもっぽいところは残っているが、しっかりしていた。登がそう褒《ほ》めると、娘は決まって同じ言葉を返した。

「お母さんに似たんだよ」

桃子は、すでに妻の享年《きょうねん》を超えている。和美より長く生きている。まだ幼かった三歳のときに死んだのだから記憶も薄れているだろうに、今でも母親のことを慕っていた。忘れまいとしていた。

「お父さんに似たら悲劇だったかも」

あながち冗談とも思えない口調で言うのだった。幸いと言うべきか、実際、桃子は妻に似ていた。生き写しとまでは言わないが、一目で親子だとわかる顔立ちをしている。背格好もそっくりで、和美の着物を直さずに着ることができた。

性格も似ていたけれど、もちろん違いもあった。例えば、桃子は教師にはならなかった。都内にある私立大学を卒業して、君津市中央図書館に勤めている。司書として正規採用されていた。

「すごいな」

登は思わず言った。資格を取るのはともかく、正規採用で司書になるのはかなりの狭き門だ。

「運がよかったの。私、運のよさには自信があるから」

桃子は真顔で答えた。謙遜《けんそん》しているのか、自慢しているのか判断できなかった。

ちなみに、娘が勤めることになった中央図書館は、開館してから二十年しか経っていない。妻が生きていたころにはなかった施設だ。

君津駅から徒歩十分という場所にあって、脇に道路が通っているが、のどかさも残っているあたりだ。広々とした芝生のある公園がすぐ近くにあった。桃子は、その公園を気に入っていた。昼休みのたびに行っているようだ。

「たまに猫がいるんだよ」

小さな縞三毛猫《しまみけねこ》が散歩をしたり、昼寝をしたりしているという。飼い猫なのか野良猫なのかわからないが、図書館の敷地に顔を出すことがあって、職員や利用者に可愛がられているらしい。

「『きなこ』っていう名前の女の子」

聞いてもいないのに、そんなことまで教えてくれた。

「いい歳をして猫を見てよろこんでいるのか」

苦笑しながら言ってやった。子猫に会いたくて公園に行っていると思ったのだ。幼いころから、桃子は猫が好きだった。猫の図鑑や絵本がお気に入りで、暇さえあればクレヨンで猫の絵を描いていた。そんな娘の姿が、登の脳裏にはっきりと残っている。

「あの猫を連れてきて飼っちゃおうかなあ。でも飼い猫だったら、猫泥棒になっちゃうか」

相談ではなく独り言だった。本気で悩んでいる。ペット禁止のマンションに住んでいることを忘れてしまったようだ。

親は、いつまでも我が子を幼い子ども扱いする。子どものままでいてほしいという願望が含まれているのかもしれない。登も例外ではなかった。桃子が大人の女性だということを忘れていた。


「付き合っているひとがいるんだけど」

ある日、夕食を終えたあと、唐突《とうとつ》に言われた。何の前触《まえぶ》れもなかった。桃子に男友達がいることとさえ知らなかった。

登はただ驚いた。どう返事をすればいいのかわからない。五十四歳にもなって、うろたえていた。

娘はそんな父親をまっすぐに見て言葉を続ける。

「結婚しようと思っている」

相談ではなかった。すでに結婚すると決めているのだ。口調がこわばっているのは、娘なりに緊張しているからだろうか。

「どう思う？」

ようやく意見を聞かれた。まだ早いと言いそうになったが、桃子はもう二十八歳だ。晩婚化が進んでいるとはいえ、反対するような年齢ではない。

「どうって……。相手のことを知らないんだぞ。どう思うもなかろう」

「そうだね」

桃子はあっさり頷《うなず》いた。父親の返事を予想していたようだ。

登としては結論を先送りにしたつもりだったが、娘は話を進めた。

「今度の日曜日に紹介するから」

「日曜日……」

「予定あるの？」

「いや、ないが……」

心の準備ができていない、とは言えない。その返事は、父親として情けなさすぎる。だが、他に言葉が思い浮かばなかった。いずれ、こんな日が来るとは思っていたけれど、もっと先のことだと決めつけていた。

「じゃあ、家に連れてくるから」

娘が決めてしまった。断ることはできそうにない。とりあえず散髪に行ってこようと思った。

信じられないような速さで日曜日がやって来て、娘の恋人とやらに会うことになった。気が進まなかったが、今さら逃げるわけにはいかない。夕方すぎに来ることになっている。やがて日が沈んだ。約束した時間の五分前になった瞬間、無駄に元気な男が家に入ってきた。

「はじめまして！　平野真佐也《ひらのまさや》です！」

声だけでなく身体も大きい。百九十センチ近くあるだろうか。自分よりも頭一つ、桃子より二つ大きかった。がっしりとした体格は、学生時代にラグビーをやっていたからだという。

苦手なタイプだった。真佐也を見た瞬間にわかった。登も和美も文化系で、運動には縁のない人生を送ってきた。桃子も子どものころから体育の成績が悪く、スポーツ好きではなかったはずだ。

「桃子さんと話すようになったのは、きなこのおかげなんです」

真佐也が意味のわからないことを言い出した。

「きなこ？」

「図書館の近くの公園にいる猫ですよ」

そういえば、そんな話を聞いた記憶があった。どう返事をすればいいのかわからず黙っていると、今度は桃子が話し始めた。

「公園に行ったら、きなこを膝《ひざ》に乗せている大きな男の人がいたの」

それが真佐也だった。昔から動物に好かれる質《たち》だったらしい。

「真佐也さんが動こうとすると、きなこが悲しそうに鳴いたの」

よほど居心地がよかったのだろう。そのときのことを思い出したのか、桃子は笑っている。公園でも同じように笑ってしまい、真佐也と話すようになったということだった。

二人は楽しそうだが、登は面白くない。真佐也は娘より年下の二十四歳だった。会社に勤めているのではなく、居酒屋やファミレスのアルバイトで生活しているらしい。控え目に言って、気に入る要素が一つもなかった。人生を舐めているとしか思えなかった。

――もし私が先に死んだら、桃子をお願いね。幸せにしてあげて。

――先に死ぬのは、男のほうだ。君こそ桃子を頼んだぞ。

桃子が生まれたときに、和美とそんな言葉を交わしていた。他愛《たわい》のない会話だったけれど、妻が死んでからは約束になった。娘を幸せにしなければ、あの世にいる和美に申し訳が立たない。

「料理が好きなんです。アルバイトでお金を貯めて、自分の店を持とうと思っています」

聞いてもいないのに、真佐也が言い出した。ますます、ろくでなしに見えた。夢を熱く語るのは、典型的なヒモのやり口だ。桃子の給料を当てにしているに決まっている。ヒモのことなんて何も知らないくせに、登はそう決めつけた。娘は騙《だま》されているんだと思った。

「結婚すると聞いたが――」

咎《とが》めるつもりで言ったのだが、真佐也が照れくさそうに笑った。それから、登の言葉の続きを待たずにスマホを突き出してきた。待ち受け画面が目の前にあった。

「ここでプロポーズしたんです」

写っていたのは、袖ケ浦市にある『東京ドイツ村』だった。芝桜を背景にして、娘と真佐也が微笑《ほほえ》んでいた。写真で見ると、桃子は死んだ妻にいっそう似ていた。

「先週の日曜日にプロポーズしたばかりで――」

真佐也が何か言っているが、話を聞くどころではなかった。その日、桃子は家に帰って来なかった。木更津《きさらづ》市にある友達の家に遊びに行くと言っていたが、この男の家に行っていたのだ。

「……お義父《とう》さんとお呼びしていいですか？」

いきなり言われた。登が話を聞いていなかっただけなのかもしれないが、それにしたって唐突だ。そう思ったのは、自分だけではなかったようだ。桃子が呆《あき》れた声で突っ込んだ。

「いくら何でも気が早いよ」

「そうかなあ。いや、そうだよなあ。でも、父親を早くに亡くしてるから嬉しくて。家族ができるのが嬉しくて」

真佐也が返事をしているが、登には何が嬉しいのかわからない。茶番に付き合わされている気分だ。我慢の限界だった。

「帰ってくれないか」

堰《せき》を切ったように言葉があふれてきた。言いたいことが山ほどあった。

「アルバイトなのに結婚したい？　将来は店を持ちたい？　順番が違うんじゃないのかね。店を持って安定してからプロポーズするのが筋じゃないのかね」

間違ったことは言っていないつもりだった。家族を養えもしないのに、結婚なんてすべきじゃない。

「それは――」

真佐也が何か言いかけたが、桃子がそれを遮《さえぎ》るように声を上げた。

「どうして店を持ってからじゃなきゃ駄目なの？　どうして安定してからプロポーズをするのが筋なの？」

話を聞いていない登の態度に苛立《いらだ》っていたのだろう。娘は喧嘩腰《けんかごし》だった。

「そうじゃなきゃ女房を養えないだろ？」

これも当たり前のことを言ったつもりだった。父親なら誰でも考えることだ。しかし、娘の意見は違った。

「養えない？　私は養ってもらいたいなんて思ってない。仕事もあるし、自分の生活費くらいは稼いでるから。ちゃんと生活費だって入れてるでしょ」

本当のことだった。桃子は就職してから、このあたりの家賃の相場以上の金額を家に入れていた。

「お父さんは、お母さんのことも養っていたつもりだったの？　働いていても、女は男に養われてるの？」

詰問《きつもん》するように問われた。

「そういう意味じゃない」

「じゃあ、どういう意味なの？」

まっすぐに聞き返されて、いっそう頭に血が上った。言い訳が許されるのなら、このとき登は平常心ではなかった。どうしようもなく感情的になっていた。腹が立っていた。

「どうもこうもない。おまえは騙されているんだ」

安手の昼ドラに出てきそうな台詞《せりふ》だが、この時点でも間違ったことは言っていないつもりだった。娘のためを思って言っているつもりだった。

「騙されてる？　真佐也さんに？　私が？」

桃子の顔には、戸惑《とまど》いが浮かんでいた。男を疑っていないのだ。その表情はあどけなく、猫の絵をクレヨンで描いていたころの幼い姿が思い浮かんだ。どうしようもない世間知らずに見えた。

そんな娘を守らなければならない。はっきりと言ってやらなければならない。それが父親の役目だ。桃子を幸せにしてあげて、と妻に頼まれている。

「おまえが公務員で安定した身分だから、店をやりたいなんて夢みたいなことを言えるんだ」

半分は、真佐也に向けた言葉だった。金目当てで結婚しようとしていると言ったも同然だった。

返事はなかった。二人は口を閉じている。だが、表情は雄弁だった。娘の顔から感情が抜け落ちていく。

何分かの沈黙のあと、娘が小さな声で問い返してきた。

「お父さん、本気で言ってるの？」

ここで謝ればよかった。無理やりにでも冗談にしてしまえばよかった。あとになって登は何度も思う。けれど、このときは自分が正しいと信じていた。そう思い込んでいた。

「当然だ」

登は答えた。言ってしまった。娘が無言で立ち上がり家を出ていく。真佐也が一瞬迷った顔を見せながらも、登に頭を下げて桃子を追いかけていった。

これが生きている二人を見た最後の記憶になった。一時間もしないうちに、二人は死んでしまった。

○

どうして、こうなったんだろうと思うことはできない。誰かのせいにしたくてもできない。登のせいだ。自分のせいで、桃子と真佐也は死んでしまった。

穏やかな光の射し込む我が家で、登は座り込んでいた。立ち上がることができなかった。

葬式を終えても気持ちの整理はつかない。

あの日、登に結婚を反対されて、二人は木更津の真佐也の家に向かった。真佐也の軽自動車に一緒に乗っていった。彼の家は、かずさアカデミアパークの近くで、雑木林に囲まれた山道を抜けた先にあった。家賃の問題なのかわからないが、ずいぶんと町中から外れた場所で暮らしている。しかも一軒家を借りていたようだ。

そんな町外れで、真佐也は事故を起こした。日が落ちて暗くなった山道で急ハンドルを切って、自動車ごと川に落ちて死んでしまった。即死だったという。巻き添えはなく、事故を目撃した人間もいなかった。

道路が整備された現代でも、自動車が川に落下する事故は起こっている。桃子と真佐也がそうだったように、打ちどころが悪ければ死んでしまう。

「おれが、あんなことを言ったからだ……」

どうしようもなく後悔していた。人間は死ぬときを選べない。いつ別れが訪れるかわからない。だから、口に出した言葉のすべてが『最期《さいご》の言葉』になり得る。

事故が起こった場所は、川沿いではあるものの危ない道ではなかった。周囲は山だが、交通量は少なく見晴らしもいい。急ハンドルを切るような道ではない。

真佐也は自動車にドライブレコーダーを搭載《とうさい》しておらず、現場付近に防犯カメラはなかったので詳しいことは不明だが、警察の現場検証によると、スピード違反はしていなかった。

かずさアカデミアパークのホテルに客を迎えにいくタクシーが、川に落ちた軽自動車を見つけて通報してくれた。タクシーのドライブレコーダーを見たかぎり、同時刻の道路はガラガラに空いていた。どの観点から見ても、事故を起こすような状況ではなかった。

それなのに、真佐也は急ハンドルを切った。腹を立てて運転が乱暴になっていたのだ、と登は思った。

「当たり前だよな」

いきなり金目当てにプロポーズしたと決めつけられたのだから、怒らないほうがどうかしている。もちろん他の可能性もあった。事故ではない可能性も、登の頭に浮かんでいた。

二人にとって、結婚は重要なことだった。事故のあとに知ったことだが、真佐也は幼いころに両親を亡くし、施設で育っていた。天涯孤独の身の上だった。葬式を出してくれる人間もいないという。

——父親を早くに亡くしてるから嬉しくて。家族ができるのが嬉しくて。

そんな真佐也の言葉がよみがえった。この台詞を茶番だと思った自分は救いようがない。

家族や親しく付き合っている親戚がいない場合、市役所が戸籍を辿《たど》って親族をさがし、遺体の引き取りと火葬・埋葬を依頼することが一般的だ。だが、遺体の引き取りを拒まれることも多い。戸籍を辿らなければならないほど縁が薄く、しかも多くの場合、ほとんど会ったことさえないのだから拒むのは当然なのかもしれない。

「私が供養します。いや、供養させてください」

登は、役場の職員に頭を下げた。結婚を反対していたくせに、娘の恋人なのだから、そうする義務があると思ったのだ。

自分のせいで、この世では夫婦になれなかった。せめて、あの世で一緒になってほしい。

登は祈った。

娘と義理の息子の幸せを願った。

◯

二人は遺骨になった。骨壺《こつつぼ》に納められ、桃子と真佐也は小さくなった。

四十九日の法要のときまで――墓に納骨するまで、家の祭壇に並べて置くことにした。

寺の住職にも、二人分の供養を頼んだ。住職は慰めてくれたけれど、登の気持ちは癒《い》えなかった。

自分のせいで死んでしまったという思いから逃《のが》れられずにいた。仕事に行くことができなくなって休職していたが、家にいると二人の邪魔をしているような気持ちになって、妻の位牌を持って墓参りに出かけた。

何度も何度も神門《ごうど》にある霊園・慈安堂《じあんどう》に行った。菜の花が咲いていた。多死社会が訪れ始めているのだろうか。足を運ぶたびに、新しい墓石が増えているような気がした。登は死を思った。死ぬことを考えた。死んでしまえば楽になるのかもしれないけれど、そんな権利さえない。桃子も真佐也も、自分には会いたくないだろう。

どうすることもできなかった。墓参りに行き、ただ、家族のいなくなった家で座っていた。

何もかもが辛かった。


四十九日の法要を一週間後に控えた火曜日、桃子の勤めていた図書館に行った。娘の私物を引き取る必要があった。

「いつでも大丈夫ですから」

図書館の職員は言ってくれたが、家にいることに耐えられなくなって出て来た。時間を潰すつもりで、四十分はかかる道のりを歩いていった。とぼとぼと歩いた。

それでも昼前に図書館に着いた。受付で名乗ると、桃子と同じくらいの年齢の女性が現れた。お悔やみの言葉を口にしてから、自己紹介を始めた。

「洞口《どうぐち》倫子《みちこ》と申します」

娘と親しくしてくれていたらしい。登もそんな同僚がいることを耳にしていた。忙しいだろうに相手をしてくれた。

桃子の私物をまとめ終えたあと、洞口倫子がいくつかの掲示物を見せてくれた。地元を舞台にした小説の散策マップや紹介文、おすすめの一冊、どれも手書きで——桃子の筆跡で書かれていた。

「桃子さんは猫が好きでした」

洞口倫子の言葉を聞きながら、改めて掲示物に目をやると、ほとんど全部に猫の絵が描いてあった。

幼いころの桃子の姿が思い浮かんだ。小さな背中を丸めて、毎日のように猫の絵を描いていた。クレヨンと落書き帳があれば、何時間でもそうしていた。独りぼっちで猫の絵を描いていた。手のかからない子どもだった。本当に手のかからない子どもだった。

「……大丈夫ですか？」

洞口倫子に問われて、初めて自分が涙を流していることに気づいた。五十四歳の白髪交《しらが》じりの男が、平日昼間の図書館で泣いている。利用者の視線を感じた。さぞや滑稽《こっけい》に見えることだろう。

けれど涙は止まらなかった。止まるどころか嗚咽《おえつ》があふれてきた。悲しみと苦しみの塊が、喉《のど》の奥から湧き上がってくる。

「す……、すみ……ません……」

どうにか、それだけ言った。あとは言葉にならなかった。立っていることさえできなくなり、くずおれるように図書館の床に座り込み、娘の書いた掲示物の前で泣き崩れた。

しばらく泣いたあと、図書館の三階にある小さな部屋に案内された。洞口倫子が連れて来てくれた。

柔らかい椅子に腰掛け、温かいお茶を出してもらい、それを飲むと少しだけ気持ちが落ち着いた。

「申し訳ありませんでした」

改めて謝った。図書館や洞口倫子たちに迷惑をかけてしまった。いい歳をして場所をわきまえず泣いてしまった。

「いいえ。悲しむのは当然です」

彼女は首を横に振った。どこまでも優しく接してくれる。このとき、部屋にいるのは二人だけだった。他の職員は遠慮してくれているのだろう。

けれど、これ以上、時間を取らせるわけにはいかない。これ以上、仕事の邪魔をするわけにはいかない。

そう思って椅子から立ち上がろうとしたとき、洞口倫子が深々と頭を下げた。

「真佐也くんの供養もしてくださって、ありがとうございます」

「真佐也くん？」

登は聞き返した。親しげな口振りだったからだ。娘だけでなく、その恋人とも仲がよかったのだろうか？

「図書館の常連だったんです」

洞口倫子は疑問に答えるように言い、それから真佐也のことを話してくれた。仕事の合間を縫うようにして毎日のようにやって来て、料理の本を熱心に読んでいたという。最近は、飲食店開業や店舗経営の本を手にしていたようだ。

「勉強家でした」

彼がよく本を読んでいたことは、登も知っている。真佐也の遺骨を引き取ったときに遺品も一緒に受け取ったが、たくさんの本を持っていた。どの本にも付箋が貼ってあり、読み込まれた形跡が残っていた。

それだけではない。遺品の中には通帳があって、小さな店を出せるくらいの金額が記されていた。店を持とうとしていたのは本当だった。娘の給料を当てになどしていなかった。

言ってくれればよかったと思うものの、あのときの登は聞く耳を持っていなかった。二人の話を最後まで聞かずに怒り出してしまった。

バカだった。

救いようのないバカだ。

唇を噛む登の傍《かたわ》らで、洞口倫子は話し続ける。娘が幸せだったことを、愚かな父親に教えてくれる。

「お昼休みになると公園に行って、二人でお弁当を食べていました」

小さな縞三毛猫が通りがかると言っていた公園だ。

「何度かご一緒しました」

お邪魔だったでしょうに、と付け加えて、洞口倫子は口もとをほころばせた。それくらい桃子たちと仲がよかったのだ。

縞三毛猫を見ながら、三人で弁当を広げる姿が思い浮かんだ。娘は楽しそうに笑っていた。

「真佐也さんは、どんな青年でしたか？」

登が問うと、娘の友人は少し考えるような顔をした。

「そうですね……。真面目で寂しがり屋さんでした。気が小さくて、くよくよと悩んでしまうような」

意外な返事だった。体育会系の明るい男だと思っていた。弁当を食べながら、洞口倫子に相談をしたようだ。

「例えば、桃子さんのお父さんに嫌われたらどうしようって、ずっと悩んでいました。プロポーズする前から『挨拶《あいさつ》に行かなきゃ。でも、勇気が出ない。すごく怖い』って言っていました」

そのときのことを思い出したのか、娘の同僚は小さく笑った。

「怖い？　まさか」

イメージと違いすぎる。独り言のようにそう呟いてから、登はあのときのことを話した。

「うちに来たときは、すごく元気でした。声も大きくて——」

悩みごとなど何もないタイプに見えた。

「がんばったんですよ。真佐也くん、がんばったんです」

洞口倫子の声は優しかった。こんなふうにして、二人が生きていたころから励ましてくれていたのだろう。

「真佐也くん、桃子さんやお父さんと家族になれるって楽しみにしていたんです。ずっと独りぼっちだったからって。自分には家族がいなかったからって。許してもらえるなら、お父さんとも同居したいって言っていました」

娘夫婦と一緒に暮らす自分の姿が思い浮かんだ。桃子も真佐也も、自分も笑っている。

誰もが幸せそうだった。

だが、その未来は訪れない。登のせいだ。心ない言葉がすべてを奪った。桃子と真佐也の人生を台なしにした。娘の幸せを願って生きてきたのに、この手で幸せな未来を壊してしまった。

自分の愚かさから目を逸《そ》らすように横を向くと、窓から公園が見えた。桃子と真佐也が弁当を食べていたというベンチも見える。平日の昼前だからか、公園は静まり返っていた。縞三毛猫が歩いている。娘が話していた「きなこ」だろう。立ち止まることなく、誰もいない公園を通りすぎていく。子猫を見るともなく眺めていると、洞口倫子の言葉が耳に飛び込んできた。

「……ちびねこ亭で結婚式を挙げるつもりだと言っていました」

「ちびねこ亭？」

眉間に皺を寄せて聞き返した。どこかで聞いたことがあるような気がしたけれど、思い出せない。そのくせ、はっきりと文字が浮かんでいた。

「海のすぐ近くにある小さなお店だそうです」

その口振りから彼女も行ったことはないようだ。ただ場所は知っていた。道順を教えてくれた。東京湾に向かって小糸川《こいとがわ》沿いの道を歩いていくと着くらしい。

登の家から遠くないが、行った記憶はなかった。それなのに既視感があるのは、なぜだろうか？

わからなかった。思い出そうと考え込んでいると、洞口倫子が真佐也の言葉を伝えてくれた。

「お父さんを招待して、三人だけで結婚式を挙げるんだって言っていました。絶対に幸せになるんだって――」

家に帰っても誰もいない。妻の遺影のそばに、桃子と真佐也の写真と遺骨を並べてある。この世より、あの世のほうが賑《にぎ》やかに思えた。

三人の遺影の前で呟いた。洞口倫子から聞いた店名が耳に残っていた。その名前のせいだろう。公園を歩いていく小さな縞三毛猫の姿が、何度も何度も思い浮かんだ。きなこは意味ありげに、こっちを見ている。

「ちびねこ亭……」

スマホで検索すると、ちびねこ亭の店主が書いたらしきブログが出てきた。住所や電話番号も書いてある。洞口倫子から聞いた店に間違いないだろう。

登は、ブログの記事を拾い読みした。どうやら、登と同年代の女性が書いたもののようだった。

海難事故に遭って帰ってこない夫を待ちながら、食堂を始めた女性の物語だった。死んだとしか思えない夫を何年も――十年以上も待っている。帰ってくると信じているのだ。しかし、そんな彼女も重い病気にかかってしまう――。

「もう十分だ」

登は読むのをやめた。辛いことに触れたくなかった。悲しさに負けてしまいそうだった。ブログを閉じようとしたとき、その文字が目に入ってきた。


奇跡が起こりました。

信じられないことが起こったのです。


引き寄せられるように、その文章を読んだ。興味を惹《ひ》かれた。拾い読みではなく、最初からブログを読み直した。

あるときから、死んでしまった身内や友人を弔《とむら》うための陰膳《かげぜん》を注文する客がやって来るようになった、と書いてあった。

葬式や法要でなくとも死者を弔いたいと思う人間は多い。思い出すことが、弔うことになる。そんなふうにも書いてあった。ちびねこ亭の店主は、その注文を「思い出ごはん」として受けた。

そこから奇跡が始まった。この世とあの世がつながった。死によって絶たれた大切なひととの時間がつながった。

死んだ人と会うことができたんです。

ちびねこ亭で思い出ごはんを食べると、大切なひととの思い出がよみがえり、時には、死者が現れるようになったというのだ。

「あり得ない」

自分に言い聞かせるように呟いた。すがりたい気持ちはあったけれど、受け入れることは難しい。例えば教え子がこんな話をしてきたら、「絶対に騙されている。信じちゃ駄目だぞ」と諭《さと》すだろう。怪しげな新興宗教のしわざだと疑うかもしれない。

スマホを床に置いた。その姿勢のまま仏間の畳に座っていた。遺影の妻や桃子、真佐也は何も言わない。

静かな時間が流れた。走馬灯《そうまとう》のように、過去の出来事が脳裏《のうり》を駆け巡り始めた。娘に恋人を紹介すると言われたこと。会うのが嫌だったこと。散髪に行ったこと。そして、真佐也と会ったこと。

その走馬灯の中に、「ちびねこ亭」の文字があった。

「もしかして――」

ふと気づいて、ふたたびスマホを手に取った。あの日の記憶を辿って、真佐也のSNSにアクセスした。答えはそこにあった。蜘蛛《くも》の糸ほどの細さで、すべてがつながった。

「そういうことだったのか……」

登は呟き、ちびねこ亭に電話をした。この蜘蛛の糸を切るわけにはいかない。自分のすべきことが、はっきりとわかった。

◯

その三日後、登は東京湾の海辺を歩いていた。ひとの姿は砂浜になく、水平線の向こうに船が浮かんでいる。

静かで、波の音が大きく聞こえる。海に棲む鳥たちが、上空を飛んでいる。ミャオミャオと鳴いているのは海鳥だろうか。登は、そんな穏やかな景色に不似合いの荒い息を吐いた。

「けっこうキツいな」

思わず呟いた。まだ暑い季節ではないのに汗をかいていた。大きなバッグを左右の肩それぞれにかけているせいだ。二つで五キロくらいはあった。小糸川沿いの道をタクシーで来たが、砂浜の前で降ろされた。そこから先は、自動車の通れない場所だった。知らなかったわけではない。予約の電話を入れたときに聞いていた。わかっていて重い荷物を持ってきたのだ。

これくらいの距離なら大丈夫だろうと思ったのだが、甘かった。運動不足の五十代の身体には堪《こた》えた。何も持っていなくても砂浜は歩きにくい。ぜいぜいと息が上がり、胸が苦しくなった。桃子と真佐也が死んでから、あまり眠れていないことも影響しているのかもしれない。

少しだけ休むつもりで立ち止まると、足が進まなくなった。疲労が身体に重くのしかかり、気持ちが挫《くじ》けそうになった。目眩《めまい》を感じた。立っていることさえ辛くなり、砂浜に座り込んでしまいそうになった。

そのときのことだ。登のすぐ近くで鳴き声が上がった。

「みゃん」

突然だった。地面のほうから聞こえた。ぎょっとしながら見ると、茶ぶち柄の子猫が足もとにいた。

いつやって来たのかわからない。さっきまで影も形もなかったはずだ。煙のように現れたように思えた。登の顔を見返すようにして、子猫がまた鳴いた。

「みゃ？」

それから首を傾《かし》げた。大丈夫かと聞かれた気がした。こんな子猫にまで心配されているのかと思うと、情けない気持ちになった。

「大丈夫だ」

返事をしてやった。空元気だったが、口に出して言うと身体が軽くなった。休んだおかげもあるだろう。息苦しさが消えていた。

「まだ歩ける」

自分に言い聞かせるように呟いた。すると、子猫が反応した。

「みゃ」

子猫が返事をするように鳴き、とことこと歩き出した。ついてこいと言うように、しっぽを軽く振っている。

その姿を見ているうちに、三日前にした予約の電話で質問されたことを思い出した。

当店には猫がおります。大丈夫でしょうか？

その猫が、目の前を歩いている彼なのかもしれない。猫の性別はわかりにくいと言うし、猫に詳しいわけでもないけれど、この子猫はきっとオスだ。それも、優しい男の子だ。ときどき立ち止まるのは、登を心配してくれているからだろう。

「店まで連れていってくれるのか？」

「みゃん」

返事があった。会話が成立している。もう間違いない。彼が、ちびねこ亭の猫だ。

登は、その後について歩いた。不思議なことに、さっきより荷物の重さを感じなくなっていた。足も軽い。

これなら歩ける。まだ前に進める。ちびねこ亭へ行くことができる。

何分も行かないうちに、貝殻を敷き詰めた小道に出た。貝殻は真っ白で、雪が積もっているようにも見える。

その先には、青い壁の建物があった。ヨットハウス風の木造建築で、お洒落《しゃれ》な海の家のようにも見える。住居を兼ねているらしく、ゆったりとした二階建てだ。海辺の景色に溶け込んでいて、他に建物は見当たらない。また、見覚えがあった。

「あれがそうなのか？」

確認するように問うと、子猫が短く鳴いた。

「みゃ」

その拍子《ひょうし》に首が動き、頷いたようにも見えた。いや、きっと頷いたのだ。人間の言葉がわかるのだろうか？　いずれにせよ、頭のいい子猫だ。言葉の綾《あや》ではなく案内されている。

そのまま一緒に青い建物のそばまで歩いていった。看板は出ていなかったが、入り口の脇に黒板が置いてあった。

黒板と言っても、学校で使っているようなものとは違う。カフェなどでよく見かける、A型看板と呼ばれるスタンドタイプのものだ。普通はメニューが書かれていると思うが、この店は違っていた。

白いチョークでこんな文字が書かれていた。

ちびねこ亭

思い出ごはん、作ります。

メニューと言えばメニューなのだろうけれど、「思い出ごはん」が何なのかの説明はない。値段も営業時間も書いていなかった。その代わりのように、こんな注意書きが添えてある。

当店には猫がおります。

今の時代には、重要なことなのかもしれない。猫嫌いもいれば、アレルギーを持っている者もいる。さまざまな人間への配慮が必要だ。

また黒板には、子猫の絵もあった。文字も絵も柔らかで、女性が描いたもののように思えた。桃子より下手だが、可愛らしく温かみのある絵だ。

身体を屈《かが》めるようにして黒板を眺めていると、カランコロンと軽やかな音が鳴った。ドアベルの音だ。ちびねこ亭の扉が開き、二十代前半と思われる青年が出てきた。ワイシャツに黒のズボン、腰にエプロン――濃茶色のソムリエエプロンを巻いている。顔立ちは優しげで、肌が白く、女性用にも見える華奢《きゃしゃ》な眼鏡をかけていた。

「みゃあ」

子猫が青年に話しかけるように鳴いた。

ちびねこ亭の店員だろうか。子猫に気を取られたらしく、登に気づかなかった。青年は、茶ぶち柄の子猫に言葉をかけ始めた。

「また外に出たんですね。あれほど駄目だと言ったのに、どうしてわからないのですか？」

予約をしたときに電話で聞いた声だった。真面目な顔で子猫に説教している。電話と同じように丁寧《ていねい》な話し方だった。子猫にも丁寧な言葉を使っている。怒っているようだが、あまり怖くなかった。

「みゃん」

子猫は返事をするように鳴いたが、反省しているようには見えなかった。

「本当にあなたは――」

と、さらに説教を続けようとしたところで、ようやく登に気づいた。慌てた感じで姿勢を正して頭を下げてきた。

「失礼いたしました。ちびねこ亭の福地櫂《ふくちかい》です。櫻井さままでいらっしゃいますね。ご予約いただき、ありがとうございます」

はじめまして、と挨拶を返そうとしたが、子猫に邪魔された。

「みゃ」

催促《さいそく》するように鳴いたのだった。実際に催促だったらしく、青年——福地櫂はため息をつき、やんちゃな子どもに手を焼いている親のような顔で、茶ぶち柄の子猫を登に紹介した。

「当店の看板猫のちびです」

やっぱり、この店の猫だった。看板の絵も、この子猫を描いたのだろう。特徴を捉えていた。

それにしても、と登は思う。

ちびねこ亭のちび。

店の主《ぬし》のような名前だ。見た目は子猫だが、それなりに歳を重ねているのかもしれない。

猫の年齢はわからないものだ。

「みゃ」

ちびがまた鳴いた。登の顔を見ているけれど、何を言ったのかはわからない。思わず首を傾げると、子猫も真似をした。

このままでは収拾がつかないと思ったのだろう。福地櫂が話を進めた。

「櫻井さま。お待ちしておりました。どうぞ、お入りください」

そして、店の扉を大きく開けてくれた。カランコロンとドアベルの音が鳴った。礼を言って入ろうとしたけれど、ここでも子猫に先を越された。

「みゃん」

澄ました声で鳴き、さっさと店の中に入っていこうとする。堂々とした足取りだった。まるで王の帰還だ。

「あなたのために開けたのではありません」

福地櫂が注意したが、無駄だった。

「みゃ」

堂々と返事をした。主君が家来に対するような態度だった。苦しゅうない、とでも言いたげだ。

それから、ちびは振り返りもせずに店に入っていった。ちびねこ亭は、彼の店なのかもしれない。

小さな店だった。席も少なく、四人掛けの丸テーブルが二つ置かれているだけだった。他に席は見当たらず、これでは八人しか入らない。

けれど狭苦しい感じはしなかった。大きな窓があって、海と砂浜が見えるからだろう。抜けるような青空が広がっていて、海鳥たちが弧を描いている。波の音とウミネコの鳴き声が聞こえる。

改めて内装に目をやると、子ども向けの絵本に出てくる丸太小屋みたいな雰囲気だった。テーブルも椅子も木でできていて、壁際には、古めかしい大きなのっぽの時計がある。現役らしく、チクタク、チクタクと時を刻んでいる。ぬくもりのある音だった。

店に先に入った子猫のちびは、古時計のそばに置いてある安楽椅子の上で丸くなっていた。早くも寝息を立てている。一仕事終えた風情《ふぜい》だ。これ以上、登の相手をするつもりはないみたいだ。福地櫂が、その代わりのように話しかけてくれる。

「こちらでよろしいでしょうか？」

「は……はい」

頷いて窓際の席に座ったが、荷物を肩にかけたままだった。下ろしていいのかわからない。

まずいような気がして、このまま肩にかけていようかと思っていると、ふたたび福地櫂が口を開いた。

「ただいま、ご予約いただいた食事をお持ちします。よろしければ、そちらの席をお使いください」

登の荷物を見ていた。電話で話してあったこともあって、言葉の意味は明白だった。それでも念を押した。

「テーブルに置いてもいいのかね」

「はい。三名様でご予約を承っております」

福地櫂が当たり前のように頷いた。

「……ありがとう」

「とんでもございません。それでは、いったん失礼いたします」

名のあるホテルのウエイターのように腰を折り、それから厨房《ちゅうぼう》らしき部屋に入っていった。彼の他に従業員はいないようだ。ブログを書いたと思《おぼ》しき女性もいない。

自分以外に人間のいない食堂で、登はバッグのファスナーを開き、白木の箱を――桃子の遺骨を取り出した。もう一つのバッグには、真佐也の遺骨が入っている。二人を連れてきたのだった。

○

まだ妻が生きていたころ、娘を含めた親子三人で海に遊びに行ったことがある。ウミネコが砂浜を散歩していて、三歳の桃子がその後を追いかけていた。よほど楽しかったのだろう。転んでも泣かずに笑っていた。

幸せだったころの記憶を思い出すと、どうしようもなく胸が苦しくなる。思い出は美しく磨かれ、今の自分がみじめに思える。何もかもが終わってしまったような無力感に押し潰されそうになる。

ならば、いっそのこと、忘れてしまったほうが楽に生きていけるのかもしれないけれど、それは絶対に嫌だった。妻と過ごした日々を、娘と暮らした時間を、幸せだった記憶を失いたくない。

自分以上に桃子には幸せになってほしかった。辛いことの多い世の中だけど、笑って生きていってほしかった。そんな人生を歩んでほしかった。

けれど幸せにはなれなかった。登自身が邪魔をした。頭ごなしに結婚に反対し、桃子の愛する相手を侮辱した。

どうしようもない父親だ。本当に、どうしようもない。あれほど願っていた娘の幸せを、この手で叩き壊したのだから。

気づくのが遅すぎたが、真佐也は好青年だった。そして、桃子とお似合いだった。あの二人なら幸せな家庭を築くことができた。きっと天国で結婚している。きっと幸せになっている。そう信じていた。

登がこの店を訪れたのは、現世でも結婚させてやりたかったからだ。自分が邪魔をした二人の望みを叶えようとしたのだった。

――ちびねこ亭で結婚式を挙げる。

そのために、桃子と真佐也の遺骨を持ってきた。四十九日が終わると、遺骨は墓に納められ、二人の魂はあの世に旅立っていく。その前に、結婚式を挙げようと思ったのだ。遺骨を持ち込むなんて普通の飲食店なら断るだろうが、ちびねこ亭は死者にも生者にも優しかった。

――かしこまりました。

三日前に予約の電話をしたとき、福地櫂は引き受けてくれた。登の話をちゃんと聞いてくれた。

ただ、死者が現れないこともあると説明された。それでもよかった。ほんの少しでも望みがあるのなら――桃子と真佐也の結婚式を挙げることができるのなら、全財産を渡しても惜しくなかった。

○

白木の箱を正面に並べた。ちびねこ亭のテーブルはゆったりと広く、骨壺を二つ置いても余裕があった。

異様な光景だろうが、店内の空気は柔らかい。窓からは春の穏やかな日射しが射し込み、ちびがムニャムニャと寝言らしき声を漏らしている。猫も夢を見るようだ。あるいは、登も夢を見ているのかもしれない。

ミャオ、ミャオと窓の外でウミネコが鳴いている。チクタク、チクタクと古時計の針が進んでいく。何もかもが、平和でのどかだ。失われた幸せな記憶の中に座っているような気持ちになった。

けれど、そんなふうに一人でいる時間は長くなかった。

「お待たせいたしました」

優しい声とともに福地櫂が戻ってきた。湯気の立つ鍋を持っている。コンソメとソーセージの香り、それから、野菜の甘いにおいが店いっぱいに広がった。その湯気のせいか、窓ガラスが少し曇った。

福地櫂は鍋をテーブルに置き、持ってきたばかりの料理を紹介した。

「ご予約いただいたドイツ鍋です」

桃子と真佐也の思い出ごはんは、「アイントプフ」、「農夫のスープ」とも呼ばれるドイツの家庭料理だった。ドイツ鍋という名前が一般的なのかはわからないが、この店ではそう呼んでいるようだ。

結婚の約束をした日、袖ケ浦市の東京ドイツ村に行った帰りに、二人はちびねこ亭でこの料理を食べていた。このことは、真佐也のSNSに書かれている。

図書館で洞口倫子に話を聞いたとき、ちびねこ亭という名前におぼえがあるような気がしたのは、SNSで見ていたからだった。その記憶がなかったら、この店を訪れようと思わなかったかもしれない。真佐也のSNSには、ちびねこ亭の青い建物の写真もアップされていた。

「ドイツのみそ汁みたいなものでしょうか」

福地櫂が付け加えた。家庭によって味が違い、鍋に入っている食材も異なる。ドイツ鍋に決まった形はないらしい。トマト味でもコンソメ味でもいいという。まさに家庭料理だ。

「ちびねこ亭のドイツ鍋は、ソーセージやじゃがいも、にんじん、ペコロスなどをコンソメで煮込んだものです」

ペコロスとは、ミニ玉ねぎのことだ。袖ケ浦市にある『しまむらファーム&ガーデン』で収穫されたものだとも言った。農薬はもちろん肥料も使用せずにハーブやエディブルフラワーの生産販売をしているところだ。自分の店を持とうとしていた真佐也は、無農薬栽培にも興味を持っていたようだ。何度か『しまむらファーム&ガーデン』に行っていた。町外れで一軒家を借りていたのは、自分たちで野菜やハーブを育てる計画を立てていたからだった。これも、真佐也のSNSを読んで知ったことだった。いろいろなことを考えていたのだった。

「お二人がいらっしゃったときも、そちらのペコロスを使ったんです。たまたまですが」

袖ケ浦市は、木更津市の隣に位置し、工業地帯を有する一方、水稲《すいとう》や野菜、乳用牛など農畜産物の生産が盛んだ。君津市の飲食店が、袖ケ浦市から仕入れていても不思議はなかった。

もちろん今日のドイツ鍋に袖ケ浦市のペコロスを使ったのは、二人の思い出ごはんを再現するためだろう。

「ありがとうございます」

登は頭を下げた。ちびねこ亭の何もかもが温かかった。言葉にも料理にも心がこもっている。この店で結婚式を挙げたがっていた桃子と真佐也の気持ちがわかったような気がした。

「温かいうちにお召し上がりください」

福地櫂が、三人分のドイツ鍋を取り分けてくれた。ソーセージとじゃがいも、にんじん、ペコロスがごろごろと入っている。にんじん以外は、ほとんど切っていない大きさだった。

「いただきます」

しっかり手を合わせてから、箸《はし》を手に取った。登の受けた印象は、洋風のおでんだ。ちびねこ亭では、練りからしが添えられているので、いっそうそんな感じがする。ナイフとフォーク、スプーンも置いてあるが、箸のほうが食べやすそうだった。

ペコロスを箸で二つに割った。じっくりと煮込まれたペコロスは柔らかく、力を入れなくても簡単に切ることができた。

片方のミニ玉ねぎに練りからしを少し付けて口に運ぶと、からしの辛さがツンと鼻に抜けた。だが、強烈に感じたのは一瞬のことで、ペコロスの甘さが口いっぱいに広がった。

はふはふと口の中で冷ましながら、ペコロスを味わった。コンソメとソーセージの旨味を吸っているミニ玉ねぎは、口の中で溶けるようだった。練りからしとの相性も抜群だ。

ソーセージやじゃがいも、にんじんも、きっと美味《おい》しいだろう。

しかし、ここまでだ。

もう食べることはできない。

登は箸を置き、取り分けてもらったドイツ鍋を脇に寄せた。料理に不満があったわけでも、満腹になったわけでもない。最初からすぐ帰るつもりだった。自分は、この場に――二人の結婚式にいる資格はない。白木の箱に目をやって、胸の奥にあった言葉を押し出した。

「桃子、おれはおまえの父親で幸せだった。今も幸せだ。だけど、おまえの幸せを壊してしまった。すまなかった。本当にすまなかった」

何度も何度も謝った。白木の箱に頭を下げた。けれど、許してくれとは言わなかった。言えなかった。

また涙があふれてきたが、言うべき言葉は残っている。込み上げてくる嗚咽を呑み込みながら、もう一つの白木の箱に視線を移した。

「真佐也くん、娘を頼む。桃子と幸せになってくれ」

娘の恋人の遺骨に頭を下げると、テーブルに水滴が落ちて、いくつもの水玉ができた。

こんなところで泣いたら迷惑だ。娘夫婦も嫌がるだろう。早く立ち去ったほうがいい。

二人の結婚式を台なしにしてしまう。

登は立ち上がり、自分に優しくしてくれたちびねこ亭に別れの挨拶をした。
〝ごちそうさま〞
〝……え？〞
思わず呟いた。声がおかしくなっている。壁を隔《へだ》てた先から聞こえてくるように、声がくぐもっていたのだ。
〝なんだ、これは〞
ふたたび声を出してみると、やっぱりくぐもっている。風邪を引いて喉をやられたのだろうか？　それとも、耳がおかしくなったのか？
娘を失ってから、ずっと身体の調子が悪かった。生活も乱れていて、喉や耳に変調を来《きた》してもおかしくない。
だが、それとは違う気がした。上手《うま》く説明できないけれど、身体の問題ではないような気がした。
とりあえず水をもらおうと顔を上げて、登はいっそう戸惑った。テーブルの近くに立っていたはずの福地櫂が消えている――。

厨房に戻ったのだろうか？

他に考えようがないが、その姿を見た記憶がなかった。何かがおかしい。何かが起こっている。とにかく福地櫂をさがそうとしたときだった。

壁際のほうから、猫の鳴き声が聞こえてきた。

〝みゃあ〟

ちびの声だ。すがるように見ると、眠っていたはずの子猫が起き上がり、四本足で安楽椅子の上に立っていた。しっぽをピンと立てて、登を見ている。けれど、やっぱり声がくぐもっていた。すぐそこにいるのに、遠くにいるような声で鳴いている。

その拍子に古時計が目に入った。針が止まっていた。世界が終わってしまったかのように、時計の針は動かない。

〝壊れた、のか……〟

それも違うような気がする。いつの間にか、波の音やウミネコの鳴き声が消えていて、時間そのものが止まってしまったように思えた。

声がくぐもったあと、福地櫂が消えて、古時計が止まった。おそらく、すべてがつながっている。たまたま止まったのではないだろう。

けれど、何が起こっているのかはわからない。途方に暮れていると、ちびが小さな声で鳴いた。

〝みゃ〟

そして、ちびねこ亭の扉が開いた。


カラン、コロン。


ドアベルが鳴ったが、その音もくぐもっていた。古いテープレコーダーを遠くで再生しているようにも聞こえる音だ。

大きく開いたドアから、眩《まぶ》しい光が射し込んできた。あっという間に、登の身体を包んだ。登は光の中にいる。世界がハレーションを起こしていた。何も見えないはずなのに、目の前で起こっている出来事を見ることができた。

ちびが安楽椅子から飛び降りた。とことこと歩いて入り口の前まで行き、妙にきちんとした姿勢で座り、ドアの向こうに声をかけるように鳴いた。

〝みゃ〟

それが合図だったかのように、二つの人影が店に入ってきた。まばゆい光のせいで真っ白なシルエットにしか見えなかったけれど、背格好で誰だかわかった。わからないはずがない。この二人の結婚式を挙げてやりたくて、ちびねこ亭まで来たのだから。

しかし、声が出ない。祈るような気持ちで、信じてもいない神さまにすがるような思いで、二つの人影を見ていた。

その祈りは通じた。何秒もしないうちに、真っ白なシルエットが人間の姿に変わった。桃子と真佐也がそこにいた。店に入ったところで足を止めて、仲睦《なかむつ》まじく立っている。最後に会ったときと、真佐也が結婚の挨拶に来たときと同じ服装と姿をしていた。

時間が巻き戻されたようだった。通り過ぎていった時間が戻ってきた。登はそんなふうに感じた。

〝みゃん〟

ちびが二人に声をかけ、登の座るテーブルに向かって歩き始めた。その姿は凜《りん》としていて、客を案内するウエイターみたいだった。

桃子と真佐也が子猫のあとを追う。こっちにやって来る。登のほうへと近づいてくる。

本当に奇跡が起こったのだ。二度と会えないと思っていた桃子と真佐也が目の前にいる。登の前で歩いている。

〝ありがとう〟

ちびねこ亭に言った。気持ちがあふれ出た。目頭《めがしら》が熱くなるのを我慢して、登は立ち上がった。出迎えようとしたのではない。二人の進路を邪魔しないように遠回りして、ちびねこ亭から出ていこうとしたのだった。

桃子とは話したかったし、真佐也にも謝りたかった。けれど、その資格はない。どんなに謝っても二人は生き返らないのだから、登の自己満足にすぎない。相手のためではなく、自分のためにする謝罪だ。それならば、二人きりにしたほうがいい。自分はいないほうがいい。

そう思って、店の外に出ていこうと歩き始めた。すると何歩も行かないうちに、娘の声が飛んできた。

〝お父さん〟

くぐもってはいたけれど、本物の桃子の声だ。登の耳に、はっきりと届いた。二人の幸せをぶち壊しにした自分を、〝お父さん〟と呼んでくれた。

その瞬間、足が動かなくなった。ちびねこ亭から出ていくことができない。しかし、引き返して二人の顔を見る勇気もなかった。

そんな登に桃子が問いかけてきた。

〝どこに行くつもりなの？　せっかく会えたのに、話もしないで帰っちゃうの？　まだ料理も残ってるよ。一緒に食べようよ〟

〝そうですよ、お義父さん〟

真佐也も言った。あんなにひどいことを言ったのに、〝お義父さん〟と呼んでくれた。こんな自分に声をかけてくれた。

限界だった。

耐えられなかった。

桃子も真佐也も優しすぎる。登はくずおれるように膝を落として、土下座《どげざ》するように頭《こうべ》を垂れた。自己満足だろうと、言わずにはいられなかった。謝らずにはいられない。

二人に向き直り、言葉を発した。

〝……申し訳なかった。な……何もかも、おれのせいだ〟

嗚咽と涙が邪魔をしたが、どうにか言うことができた。

沈黙があった。二人は何も言わない。登も頭を下げたまま、じっとしていた。許してもらえないことはわかっている。きっと罵《ののし》られるだろう。殴られても文句は言えない。

だが、そうはならなかった。長い沈黙のあと、桃子が聞いてきた。

〝お父さん、何の話をしてるの？〟

本当にわからないらしく、困惑した口調だった。顔を上げると、娘が首を傾げていた。

〝二人が事故を起こしたことだ〟

登は答えた。自分があんなことを言ったせいで、事故を起こしたと思っていると伝えた。ふたたび沈黙があったが、さっきほど長くはなかった。桃子が呆れたような声で聞いてきた。

〝結婚を反対されて乱暴な運転をしたと思ったってこと？〟

〝……違うのか〟

問い返すように呟いてから、はっとした。もう一つ、可能性があったことに思い当たったのだ。

事故を起こすような場所ではなかった。乱暴な運転をしたのでもない。ならば、自分の意思で事故を起こしたということだ。

〝あれは……、自殺……だったのか？〟

おそるおそる聞くと、桃子と真佐也が同時に吹き出した。登は呆気《あっけ》にとられた。まさか笑われるとは思わなかった。

〝そんなわけないでしょ。父親に結婚を反対されて自殺するって、いつの時代のお嬢さまよ〟

娘の声には、ため息が混じっている。あからさまに、バカバカしいと言わんばかりの口調だ。

〝し、しかし――〟

〝絶対にあり得ないから〟

きっぱりと首を横に振り、ものわかりの悪い子どもを諭すように続けた。

〝私、もう二十八歳よ。悪いけど、お父さんに反対されても従うつもりはなかったから。自分の好きなようにするって決めていたから。結婚するって決めていたから〟

曇りのない口調だった。確かに、桃子ならそうするだろう。自殺をしたと聞くよりも納得できる。

だが、そうすると事故の原因がわからない。自棄になって無謀運転をしたわけでもないのに、急ハンドルを切ったのか？　すでに暗かったとはいえ、何もないような道で事故を起こしたのか？

死者は生者の考えていることがわかるようだ。真佐也が申し訳なさそうな表情になり、登の疑問に答えた。

〝う、うりぼうですよ〟

〝は？〟

思わず聞き返した。何を言われたのかわからなかった。真佐也が、やっぱり申し訳なさそうな顔で言葉を続ける。

〝木更津市はイノシシが出るんです。自動車を走らせていたら、うり坊が飛び出してきたんです〟

そこまで説明されて、ようやく理解できた。うり坊というのは、イノシシの子どものことだ。

木更津市だけでなく、登の住む君津市にも出没する。餌を求めて市街地に現れることも珍しくなかった。農作物や耕作地などを荒らされる被害が深刻化しているという話も聞いていた。

〝イノシシの子どもが急に飛び出してきて、驚いてしまったんです。避けようとしてハンドルを切りすぎてしまって……。謝らなきゃいけないのは、おれのほうです。おれのせいで、大切なお嬢さんを死なせてしまいました。本当に……、本当に申し訳ありません〟

真佐也が深々と頭を下げた。声も身体も震えていた。心の底から謝っている。責任を感じているとわかる様子だった。

けれど、登は返事ができない。どこまで本当のことなのかわからなかったからだ。真佐也の自動車はドライブレコーダーを搭載しておらず、事故を起こした場所に防犯カメラは設置されていない。警察もイノシシのことは口にしなかった。

他人のせいだと思うことができれば、少しは楽になれるのかもしれない。しかし、真佐也のせいだと思うことに違和感があった。登を気遣って——登に責任を感じさせまいとして嘘をついているようにも思えた。生者は、死者の気持ちがわからない。真実は藪《やぶ》の中にあった。

怒ることも許すこともできなかった。問い返すにしても、何を聞けばいいのかわからない。すると桃子が口を挟んだ。

〝終わっちゃったことだから〟

その言葉は胸に響いた。悲しいことでもあったけれど、逃れようのない事実でもあった。事故の原因がわかっても二人は帰ってこない。藪の中を無理やりのぞいても、そこにあるのは暗闇だけだ。

〝せっかく予約してくれたんだから、結婚式をやろうよ〟

桃子が仕切り直すように言った。テーブルの上を見ると、ドイツ鍋はまだ冷めておらず湯気を立てていた。

思い出ごはんを見たのは、こんな文章が脳裏に浮かんだからだ。

湯気が立っている間だけしか——思い出ごはんが冷めるまでしか、死者は現世にいられない。

はっきりと脳裏に焼きついているのに、どこで得た知識なのかは記憶になかった。ちびねこ亭のブログに書いてあったのだろうか。違うような気がする。なぜか、死んだ妻の声で再生された。

ふいに話しかけられた。

〝心配しなくても大丈夫です。このドイツ鍋は簡単には冷めませんから〟

真佐也の声だった。穏やかな声で教えてくれた。顔を上げて、登を見ている。登を安心させようとして言ったのだろうけれど、いずれ終わりが来ることを暗示しているようにも思えた。

簡単には冷めなくても、いつかは冷める。そして、二人とは二度と会えない。一秒一秒が、かけがえのない時間だった。いつだって永遠の別れは、すぐそこにある。

そんな時間の中で、桃子がふたたび口を開いた。

〝ねえ、お父さん〟

今まで聞いたことがないくらい静かな声だった。登に言いたいことがあるのだとわかった。伝えたいことがあるのだとわかった。

〝なんだ？〟

向き直って聞き返すと、娘が問いに問いを重ねた。

〝生まれ変わりってあると思う？〟

返事ができなかった。あってほしいと思うけれど、それはわからない。死者である桃子にもわからないようだ。

〝もし生まれ変わりがあるのなら〟

そんなふうに話し始めた。

〝また、お父さんとお母さんの子どもになりたい。お母さんが死んじゃって、それから私まで死んじゃって、お父さんに悲しい思いをさせちゃったけど、今度は死なないようにがんばるから。生まれ変わることができたら、二度と悲しませないようにするから。お父さんより絶対に長生きするから〟

約束するように言った。いや、これは約束だ。父と娘が交わす最後の約束だ。気の利いた言葉を返したかったが、それを考えることさえできなかった。

〝……そうか〟

ただ頷くことしかできなかった。また涙があふれてきた。さっきから泣いてばかりいる。娘が死んでから泣いてばかりいる。泣くことしかできずにいる。

〝お義父さん〟

　今度は、真佐也に呼ばれた。視線を向けると、真佐也の顔がこわばっている。緊張しているとわかる表情をしている。改まった口調で言った。

〝お嬢さんとの結婚を許してください。僕と家族になってください。僕のお義父さんになってください〟

　あの日の続きでもあった。結婚の挨拶にきたときに言おうとしていた言葉だろう。

〝も……もちろんだ……。もちろんだとも……〟

　泣きながら繰り返した。あのときに言うべきだった台詞を口にした。涙が止まらない。幸せなのか悲しいのかわからなかった。

〝じゃあ、結婚式を始めようか〟

〝ええ〟

　真佐也と桃子が言った。性急に思えるのは、時間がかぎられているからだ。ドイツ鍋の湯気が少しずつ消えかかっていた。思い出ごはんが冷めかかっている。

　ただ、結婚式を始めると言っても、ここは定食屋だ。ドイツ鍋があるだけで何の用意もされていない。登自身、桃子と真佐也の遺骨を運んでくることしか考えていなかった。結婚式の準備は何もしていない。

　どうしたものかと新郎新婦を見ると、二人はちびねこ亭の子猫を見ていた。どことなく面倒くさそうな風情で、ちびが短く鳴いた。

〝みゃ〟

すると、ドアの向こう側で音が鳴り始めた。

カラン、カラン。カラン、カラン。カラン、カラン……。

開いたままになっているドアから外を見ると、海や空、砂浜が消えて、白い貝殻の小道だけが残っていた。その先に教会があった。さっきまでなかったものだ。古びてはいるけれど、誰かが絵に描いたような優しい雰囲気の建物だった。

鳴っているのは、その教会の鐘だった。これから結婚する二人を祝福するウエディングベルだ。

〝行こうか〟

〝はい〟

二人は手をつないで歩き出した。足を進めるごとに、小道を囲むように花が咲き始めた。チューリップだった。赤、白、黄色、ピンクと咲いていく。気づいたときには、色とりどりの花に囲まれていた。

周囲の風景こそ違うけれど、真佐也のSNSで見たチューリップ畑にそっくりだった。真佐也が桃子にプロポーズしたときに、東京ドイツ村で咲いていたチューリップなのかもしれない。これから結婚する二人のために、ここまで来てくれたのだ。

登は涙が止まらない。どうしようもなく寂しくて、だけど幸せだった。でも不満もあった。桃子と真佐也の服装だ。せっかくの結婚式なのに、普段着のままだった。

そんな気持ちを込めて、ちびねこ亭のちびを見た。察したように――やっぱり面倒くさそうに、茶ぶち柄の子猫がしっぽを軽く振って鳴いた。

〝みゃ〟

まるで魔法使いがステッキを振ったようだった。白いチューリップの花びらがふわりと舞い上がり、桃子と真佐也を包み込んだ。たくさんの花びらが舞っている。

何秒もしないうちに花びらは消え、二人の衣装が変わっていた。真佐也は白いタキシードを着て、桃子は純白のドレスを身に纏《まと》っている。そのドレスは、登との結婚式で妻の和美が着ていたものによく似ていた。本当に、とてもよく似ていた。

〝ありがとう〟

〝みゃん〟

ちびが何でもないことのように答えた。これくらいの奇跡を起こすことは、朝飯前なのかもしれない。

新郎新婦が、貝殻の小道を歩いていく。教会の前に目を向けると、さっきまでいなかったはずの人影が立っていた。三人いる。そのうちの一人はわかった。死んでしまった妻だ。和美が娘の結婚式に顔を出したのだった。微笑みながら、桃子と真佐也を祝福している。

残りの二人は男女で、夫婦のように見えた。まだ二十代だろうか。初めて会うはずなのに、誰だかわかった。真佐也と桃子の結婚式なのだから、来るべき人間は決まっている。

〝お父さん、お母さん……〟

真佐也が呟いた。やっぱり、そうだった。彼の両親だ。幼いころに死に別れた父母が、息子の結婚式に現れたのだ。

〝来てくれたんですね……〟

嚙み締めるように言って、涙を流し始めた。ひとは悲しいときだけでなく、嬉しいときにも泣くのだ。

涙で顔をくしゃくしゃにしながら、真佐也が大声を上げる。どこまでも響くような大声で言う。

〝お父さんとお母さんに紹介します！　僕の妻です！　櫻井桃子さんです！　彼女と出会って、僕は幸せになれました！　誰よりも幸せになれました！　幸せにしてもらいました！〟

桃子が照れくさそうにお辞儀をし、真佐也の両親がそれより深く頭を下げた。和美が彼らのそばに寄り挨拶を始めた。新しい家族ができた瞬間だ。

そんな中、登は泣いていた。挨拶もせずに涙を流していた。最愛の娘を嫁に出す父親らしく、ずっとずっと泣いていた。娘の幸せを祈りながら泣くことしかできなかった。

もうすぐ結婚式が始まる。

新郎新婦が身体を寄せ合うように教会に向かう。

カランカラン、とウエディングベルが鳴っている。その音は少しずつ遠くなっていく。

登を置き去りにして離れていく。

そして、チューリップの花がゆっくりと消えた。

ちびねこ亭特製レシピ

ドイツ鍋

材料（２人前）

・ソーセージ　４本
・じゃがいも　小２〜４個
・ペコロス　２〜４個
・にんじん　１本
・コンソメキューブ　１個（もしくは顆粒のコンソメ　適量）
・水　適量
・セージ、ローズマリー、タイムなど好みのハーブ　適量
・オリーブオイル　適量
・塩、こしょう　適量
・練りからし　適量

作り方

1　オリーブオイルを鍋で熱し、好みの大きさに切ったペコロス、にんじんを炒める。
2　それらの野菜に火が通ったところで、じゃがいもを加えて炒める。
3　水、コンソメキューブ、セージ、ローズマリー、タイムなど好みのハーブを加え、弱火で20分程度煮込む。
4　最後にソーセージを入れて、塩、こしょうで味を調え、好みの時間加熱して完成。
5　好みで練りからしを付けて食べる。

ポイント

練りからしではなく、マスタードを使うと本場の味わいに近づきます。

キジトラ猫とぼたもち

人見《ひとみ》神社

人見山《ひとみやま》の山頂にあり、君津、富津《ふっつ》の海岸地域の鎮守《ちんじゅ》の氏神《うじがみ》として崇拝されて来ました。人見神社山門から頂上までは割と急な石段となっており、幾段もの石段を登り神社の姿が見えると達成感を感じる方も多いのではないかと思われます。とは言え、こどもを連れた家族の姿も見られ、ゆっくり登って行けば20分程のちょうどいい汗をかく参道です。そして頂上の高台からは市街地一帯が見渡せますので、神社の参拝とともにぜひこの眺望も目にしてほしいものです。この景観は千葉県の眺望百景に登録されています。

（君津市公式ホームページより）

「あと六年くらいでしょうか」

柔らかい口調で医者は言った。年のころは、片岡春美《かたおかはるみ》の息子、いや孫くらいだろうか。四十歳前の穏やかな容貌の男性だった。

あと六年というのは、春美の余命のことだ。厳密に六年というわけではなく、七年に延びることもあれば、五年に縮まることもあるらしい。何年か前に見つかった癌《がん》が進行していて、同時に心臓が弱ってきていた。そのせいで手術もできない。身体が手術に耐えられないというのだ。

普通なら、「あと五年くらいでしょう」と大まかに言うところだろうが、なぜか六年と告知された。一年おまけしてくれたのかもしれない。あるいは、その年数に意味があるのか――。

いずれにせよ、春美の命の炎は燃え尽きようとしていた。ひとの寿命を蠟燭《ろうそく》にたとえることがあるけれど、春美のそれは大部分が溶けてしまい、きっと、もう蠟燭の形をしていない。死を目の前に突きつけられたのだった。

けれど、動揺しなかった。わかりました、と穏やかに余命宣告を受け入れた。もう少し若ければショックを受けただろうが、すでに八十歳をすぎている。しかも、五年前から病院通いをしていて、ある程度の覚悟はできていた。身体の調子が悪い日々が続いていた。

——あと六年も生きられる。

そんなふうに思った。この年齢まで生きられるとは思っていなかった。

保育士が保母と呼ばれていた時代から、春美は保育園で働いていた。五年前まで木更津市にある私立保育園の園長を務めていた。余命宣告を受けることになる、この病気が見つかるまで働き続けていた。

世の中は高齢化が進んでいて、七十代八十代の園長もいなくはない。けれど、やっぱり無理がある。保育士は責任も重く、仕事量も多い。他の人間がどうかはわからないが、春美は現場に出るのがキツくなっていた。体力だけの問題ではなく、注意力も歳を取るごとに散漫になり、判断に自信がなくなった。自分の感情をコントロールできないことも増えた。

「子どもは、国の宝。大切にするのは、当然のことよ。産休も育休も大いばりで取りなさい」

春美の口癖だ。若い保育士に言い聞かせるように言ったものだ。口癖は、もう一つあった。

「だから、みんなが私の子どもだと思って生きているの。子どもだけじゃなくて、孫やひ孫もたくさんいるってね」

こっちは、自分にそう言い聞かせていたのかもしれない。春美は結婚したことがなく、子どもがいなかった。

長年続けた仕事を辞めるのは寂しかったけれど、この状態で保育士を続けることは、園児を危険にさらす結果になりかねないし、同僚に迷惑をかける。何かが起こってからでは遅い。

だから辞めた。周囲に引き留められつつ、七十五歳のときに現場から退いた。保育士人生に終止符を打ったのだった。

その判断は、間違っていなかったと思う。もっと早く辞めてもよかったくらいだ。後悔はしていないが、退職してみると時間を持てあますようになった。

二十歳のころから仕事一筋で生きてきたので、何をすればいいのかわからなかった。病院に行くか、墓参りするくらいしかやることがない。

そのせいもあって、昔のことを思い出すようになった。忘れていたという意味ではない。

昨日のことのように、より鮮明に思い出すのだ。

「五十五年も経つのね」

月日の経つのが速すぎて、八十歳になったことが悪い冗談のように思える。もしくは夢を見ているようだ。

あれから半世紀以上もの時間が流れたなんて――。

○

二十五歳のときのことだ。病気が見つかった。子宮に悪性の腫瘍《しゅよう》があると医者に言われ、何度も検査をし、そして入院をし、死を覚悟しながら手術を受けた。手術は成功し、どうにか一命を取り留めた。

――幸運だった。

――医者に命を救われた。

死ななかったことを感謝すべきなのだろうが、このときは無理だった。運がよかったと思えなかった。失ったものが大きすぎた。春美は、子どもを産めない身体になってしまった。身体に大きな手術跡も残った。

――もう結婚はできない。

五十五年前の春美は、そう思った。子どもを産めない自分は幸せになれないと思い詰めたのだった。当時の二十五歳は行き遅れだ。周囲も心配し、お見合いが持ち込まれていた。誰にも言っていないけれど――春美の片思いだったけれど、好きな男性もいた。お見合いを受けようか、断ろうか悩んでいた。

しかし、その必要はなくなった。もう、悩まなくていい。好きな男性も、お見合いも遠くにいってしまった。

春美は落ち込んだ。どうしようもなく辛かった。保母になったのは子ども好きだったからなのに、子どもを産めない身体になってしまった。食欲がなくなり、眠れなくなった。そのせいで手術後の回復が遅れた。入院は長引き、保育園に戻る気力も失せた。

――死んじゃえばよかったんだ。

子どもを産めなくなるくらいなら、死んでしまえばよかった。何度も何度も、そう思った。

気づくと泣いていた。勝手に涙があふれてくるのだ。その涙を拭《ぬぐ》うことさえしなかった。

そんなある日、春美は病院の屋上にあがった。緩《ゆる》い時代のことで、施錠どころかドアも閉まっていなかった。入院患者やその関係者は、自由に洗濯物を干すことができた。だが洗濯物を干しに行ったのではない。

そのころの記憶はおぼろげで、自分が何を考えていたのかおぼえていないけれど、病院の屋上から飛び降りようと思ったのかもしれない。それくらい絶望していた。生きる意味を見出せなくなっていた。

暖かい日射しが降りそそぐ春の昼下がりだった。顔をあげると、雲一つない青空が広がっていた。こんな日に死ぬのも悪くない、と思ったような気もする。

でも飛び降りることはできなかった。先客がいたからだ。小さな女の子が日向《ひなた》ぼっこをしていた。春美があがってきたことに気づくと、満面に笑みを浮かべて声をかけてきた。

「あ、先生」

保母だからだろう。保育園の先生という意味で、そう呼ばれていた。春美もこの女の子のことを知っていた。この病院の有名人だ。

「さっちゃん」

春美は、少女の愛称を口にした。フルネームも知っている。平野幸子《ひらのさちこ》。六歳の女の子だ。六歳にしては小柄で、もっと幼く見えるけれど、中身はしっかりしていた。口も達者で、大人びたことを言う。

今年、小学校に入学する年齢だというが、学校には行っていない。行くことができないのだ。春美が手術を受けるずっと前から入院している。

「お腹《なか》の病気なんだって」

他人事のように教えてくれたことがあった。近所の公園で遊んでいるとき、急にお腹が痛くなって病院に運ばれた。そして病気が見つかった。

その日から手術を繰り返し、ほとんど病院から出ることのできない生活を送っていた。どんな病気なのか詳しい話は聞いていない。医者や看護婦に聞いたところで答えてくれないだろう。さっちゃんとは赤の他人なのだから当然だ。

けれど、知っていることもある。さっちゃんには、母親がいなかった。さっちゃんが二歳のときに交通事故で死んでしまった。本人がそう言っていた。また、病院では一人でいることが多かった。

「パパは忙しいんだよ」

口癖のように言っていた。この時代、男は仕事を休みにくかった。また、娘の治療費を稼がなければならないからだろう。さっちゃんの父親は、ときどきしか病院に来なかった。事情を知らない人間は、薄情だと父親を責めるようなことを言う。さっちゃんは、父親を庇《かば》っているのだ。重い病気を抱えながら、明るく気丈に振る舞っていた。

もちろん、平気だったわけではないだろう。六歳の子どもが、寂しくないはずがない。

独りぼっちで寂しそうにしている姿を何度も見かけた。初めて会ったときも、中庭のベンチに座ってしょんぼりしていた。春美はさっちゃんに話しかけ、仲よしになった。

春美が自殺せずに済んだのは、さっちゃんがいたからだ。さっちゃんと話すたびに絶望を忘れることができた。

このときも屋上から飛び降りようとしていたことを忘れて、さっちゃんと一緒に日向ぼっこをした。

それから間もなく、春美は退院することになった。

「もう大丈夫です。普通の暮らしを送ることができます。心配いらないでしょう」

太鼓判を押すように、医者に言われた。退院を促《うなが》すような言い方だった。いつまでも入院している春美を持てあましていたのかもしれない。病院には病院の都合があるのだろう。

春美にしてみれば何が大丈夫で、普通の暮らしが何を指しているのかわからなかった。子どもを産めなくなった自分は、少なくとも大丈夫ではない。

でも、言い返さなかった。命を救ってくれたのは事実だし、病院に恨みはない。医者に文句を言っても、春美の身体はもとには戻らない。すべては終わったことだ。

「お世話になりました」

頭を下げ、退院した。勤めていた保育園に復職する予定だったけれど、もう少し休んでもいいことになっていた。事情を聞いた園長が、そんなふうに取り計らってくれた。

「無理をしないでね」

そう言われた。その言葉を素直に受け取ることができず、無理をしたから病気になったのだろうかと考えたが、答えは出なかった。何もわからない。自分が保育園に戻るのかもわからない。子どもを産めなくなったのに、子どもに囲まれて働くことができるのだろうか。とてつもなく辛いことのように思えた。

だが、園長には何も言わなかった。自分の気持ちを口に出したところで、困らせてしまうだけだ。自分が傷ついたからと言って、誰かを困らせてはならない。

「ありがとうございます。それじゃあ、のんびりさせていただきます」

わざと少し砕けた口調で、にこやかに返事をした。それくらいのことはできる。どうすれば、相手が安心するかくらいは知っている。

春美には、家族がいない。両親は他界していて、きょうだいもいなかった。どこかに遊びに行くような友人もいない。専門学校を卒業して以来、仕事一筋で生きてきたからだろう。

けれど寂しくなかった。行くところがあった。退院したばかりの病院に、毎日のように通った。検査や薬をもらう必要のない日でも足を運んだ。さっちゃんに会うためだ。

「先生、こんにちは！」

春美が顔を見せると、喜んでくれた。病気とは思えないくらい元気がよかった。この様子なら、いずれ退院するだろう。

看護婦に確認したところ、食べ物の制限もなかった。好きなものを食べていい、と医者にも言われていた。そして、さっちゃんは甘い物が好きだった。

お店で売っているようなお菓子は、父親が持ってくるだろうと思い、春美は手作り菓子をお見舞いにした。シュークリームやクッキーなどの洋菓子も差し入れたが、さっちゃんは和菓子のほうが好きだった。とりわけ小豆《あずき》あんに目がなかった。

「あんこだけ食べていたいなあ」

真面目な顔で言って、春美を笑わせた。少し苦味のあるくらいの濃い緑茶も好きだった。こんな台詞も口にした。

「ジュースも美味しいけど、あんこにはお茶だよね」

千葉県は、佐倉茶や八街茶《やちまたちゃ》の産地で、美味しいお茶が身近にあった。静岡県ほど有名ではないけれど、千葉県もお茶どころと言っていいだろう。

「わたし、千葉県のお茶がいちばん好き」

「あら、そうなの？」

六歳にしてお茶の違いがわかるのかと驚いていると、さっちゃんは胸を張った。

「だって地元だもん。いちばんに決まってる。他の県に行ったこともないし」

味がわかるとは少し違うようだ。

「地元愛にあふれているのね」

「うん！　あふれてる」

そんなふうに他愛のないことばかり話していたけれど、楽しかった。さっちゃんと一緒にいるだけで幸せだった。家族のような存在だった。自分の娘みたいに思っていた。二十五歳なのだから、六歳の子どもがいてもおかしくない。

さっちゃんも春美を母親のように思ってくれた。春美の願望ではない。はにかんだ顔で、聞かれたことがあった。

「お母さんって呼んでもいい？」

そのときのことを思い出すたびに胸の奥が温かくなり、それから苦しくなる。いつまでもいつまでも苦しい。

別れは、突然だった。

いつものようにお見舞いに行くと、さっちゃんのベッドが空になっていた。落書き帳やクレヨン、黒猫のぬいぐるみなどの私物が片付けられていて、シーツも剝がされていた。

――退院したんだ。

そう思おうとした。病気がよくなって退院したんだ、と思いたかった。そう信じたかった。さっちゃんが元気でありますように、と信じてもいない神さまに祈った。

しかし、無駄だった。やっぱり神さまはいなかった。いたとしても春美の願いなど聞いてくれない。現実はいつだって残酷だ。

「昨日の夕方すぎに、容態が急変したんです」

顔なじみになった看護婦が教えてくれた。春美が帰った後に、さっちゃんは死んでしまったのだった。

自分の娘のように思っていても、春美とさっちゃんの間につながりはない。父親が、春美のことを知っていたかさえ定かではなかった。容態が急変しても、死んでしまっても連絡が来ないのは当たり前だ。

「片岡さん、大丈夫？」

看護婦の声が遠くに聞こえた。遠い場所から春美を心配してくれている。

「は……はい。大丈夫です」

機械的に返事をしたことまではおぼえているが、そのあとは記憶になかった。気づいたときには自宅に帰っていて、玄関に座って泣いていた。靴脱ぎで膝を抱えて涙を流していた。

どうして、こうなるのかわからない。子どもを産めなくなった上に、娘のように思っていた少女までが死んでしまった。何もかもを奪われた。残酷な神さまに身体も心も抉り取られた。そんなふうに思った。

さっちゃんのはにかんだ顔が、春美の脳裏に残っていた。最後に会ったときの言葉が再生される。

「お母さんって呼んでもいい？」

春美は返事ができなかった。五十五年も経った今でも、その返事をすることはできない。

職場復帰したのは——保育園に戻ったのは、他にできることがなかったからだ。子どもを産めなくなっても、子どもを嫌いにはならなかった。いちばん辛かった時期に、さっちゃんと接していたおかげかもしれない。

また、園児たちを見ていると、さっちゃんが保育園に紛《まぎ》れ込んでいるように思えることがあった。

「どうして保育園なの？　わたし、園児じゃないよ。もう小学生だよ」

春美の頭の中で、さっちゃんが抗議する。小学校に通うことのできなかった少女が、頬を膨《ふく》らませている。

——ごめんね。

声に出さず謝ると、涙があふれそうになった。ひとは死ぬが、順番通りにはいかない。年齢の順に死んでいくわけではなかった。我が子を失った親は、いつまでもその死を受け入れることができない。春美も、さっちゃんの死を受け入れることができずにいた。何年経っても、何十年の月日が流れても涙は涸《か》れない。

時代は変わり、保母が保育士と呼ばれるようになった。いつの間にか、春美は園長になっていた。そこまで続けることができたのは、さっちゃんとの思い出があったからだろう。

園児や若い保育士を家族のように思うことができた。

退職してしまったので、もう家族はいない。独りぼっちで暮らしていて、独りぼっちのまま死んでいくのだろう。いろいろなことを忘れ始めている。両親の顔さえ、おぼろげになっていた。

けれど、さっちゃんの顔はおぼえている。あの言葉も忘れられない。

八十年の歳月は、あっという間だった。子どものころは遠い未来のことのように思っていたが、呆気ないほど簡単に時間が流れた。気づいたときには、白髪頭の年寄りになっていた。自分はまだ二十代で、老人になった夢を見ているんじゃないかと思うときがある。

この世のすべては儚《はかな》く移ろいやすい。人が入れ替わり、町が変わった。ずっと世話になっていた眼鏡屋も店を閉めてしまった。

その眼鏡屋は、富津市青堀《あおほり》駅の近くにあった。初めて訪れたのは、病気が見つかる前――春美が二十四歳のときだった。木更津市に住み、市内に勤めている春美がそんなところまで行ったのは、遠足の下見のためだった。潮干狩《しおひが》りに富津海岸に行ってはどうかという提案があったのだ。木更津市でも潮干狩りはできるが、遠足なのだから近くでは意味がない。

保育園に頼まれて下見に行ったわけではない。遠足に相応《ふさわ》しいか、この目で確かめてきたくて行った。だから一人だった。春美は運転免許を持っておらず、電車とバスを乗り継いだ。仕事熱心だったこともあるだろうが、下見にかこつけて出かけてみたかったのかもしれない。

富津海岸は見晴らしもよく、申し分のない場所だった。バスで移動することも含めて、園児たちは喜ぶだろう。美味しいアサリやハマグリが採れるのもいい。

下見に満足し、春美はバスに乗って青堀駅に向かった。自宅と保育園を往復するようにして暮らしているので、富津市の景色は物珍しかった。木更津市より静かで、落ち着いた町だ。のんびりしている。

バスの車窓から風景を見ていると、青堀駅の直前まで来たところで、こぢんまりとした店が目に飛び込んできた。縦長の袖看板が出ている。

佐久間眼鏡店

どこにでもありそうな平凡な名前と店構えだったが、なぜか気になった。行くときには、潮干狩りの下見のことで頭がいっぱいだったせいか、眼鏡屋も看板も見落としていた。

行ってみようと思ったのは、次の電車が来るまで時間があったからだ。最近、視力が落ちていたこともあった。

青堀駅でバスを降りて、やって来た道を戻り、佐久間眼鏡店に入った。

「いらっしゃいませ」

出迎えてくれたのは、春美と同世代に見える若者だった。目鼻立ちが地味で、お世辞にも二枚目とは言えないけれど、誠実そうな顔をしていた。職人顔というのだろうか。飾り気のない無骨《ぶこつ》な感じの眼鏡がよく似合っていた。

この男の他に従業員の姿はなく、客もいなかった。小さな音でラジオがかかっていて、ベン・E・キングの『スタンド・バイ・ミー』が流れていた。古びた店なのに、不思議なくらい洋楽が似合っている。

春美は視力検査をしてもらった。近眼だった。乱視も入っているという。この店で眼鏡を作ることになった。

男にフレームの好みを聞かれて、二十四歳の春美はこんなふうに返事をした。

「デザインはどうでもいいので、丈夫で軽いものにしてください」

お洒落に興味がなかったわけではないけれど、仕事が第一だった。働きやすい眼鏡がほしかった。

男が、少し考えるような顔をしてから聞いてきた。

「私の使っているメーカーの眼鏡はいかがでしょうか？」

自分のかけている眼鏡のフレームを指差している。同じデザインの女性ものがあるというのだ。

「丈夫ですか?」

「はい」

「軽いですか?」

「うちに置いてある眼鏡で一番軽量です」

改めて男の顔を見た。眼鏡も顔も地味だった。でも、嫌な感じはしない。春美は決めた。

「じゃあ、それでお願いします」

——佐久間《さくま》 繁《しげる》。

男の名前だ。眼鏡の受取書に書いてあった。達筆ではないが、読みやすい丁寧な字だった。

半月後に眼鏡を取りに行き、改めて調整をしてもらった。繁が言っていたように、丈夫で軽かった。初めて眼鏡をかけたのに、ほとんど違和感がなかった。

だが、眼鏡はかけているうちにフレームが歪《ゆが》むものだ。ましてや保母は常に動いていなければならず、眼鏡はずれがちだった。園児を抱っこして、眼鏡を奪われそうになることも珍しくない。

フレームが歪むたびに、佐久間眼鏡店に足を運んだ。電車に乗って富津市までやって来るのだった。両親がいるらしいが、大抵は繁が一人で店番をしていた。

「すみません。またフレームが歪んでしまって」

「すぐに直しますね」

実際、簡単に直してくれた。繁にかかると魔法のようだった。眼鏡の品質もよかったのだろう。新品同様になった。

そんなふうに店に通っているうちに、春美は繁を好きになった。いや違う。そうではない。初めて会ったときから好きだった。だから、電車に乗って富津市まで来ている。眼鏡も気に入っていたけれど、ここまで来るのは繁に会いたかったからだ。春美にとって初めての恋だった。

人の気持ちというものは不思議なもので、どうして好きになったのか上手く説明できない。地味だろうと野暮《やぼ》だろうと、口下手《くちべた》な男だろうと、好きになってしまえば胸がときめく。毎日でも会いたいと思う。

繁は、春美の気持ちに気づいていないようだった。他に好きな女性がいるのかもしれない。ふとした瞬間に、遠くを見るような顔をした。寂しそうな目をするときがあった。

しかし、それは想像にすぎない。繁は表情が豊かではなく、何を考えているのかわからないところがあった。春美にしても、異性の気持ちを敏感に感じ取れるタイプではなかった。

——告白しよう。

——好きだと伝えよう。

言葉にしなければ、伝わらない思いもある。ちゃんと言わなければ、永遠に近づけないひとがいる。

今まで告白なんてしたことがなかったけれど、春美はそう決めた。恥ずかしかった。照れくさかった。でも、それ以上に繁の恋人になりたかった。

だけど、気持ちを伝えることはできなかった。好きだと言おうと決心した矢先、病気が見つかり、子どもの産めない身体になってしまった。

これで誰かを好きになる権利はなくなった。そう思った。二十五歳の春美は傷つき、ボロボロだった。自分は、他人を好きになってはいけない人間になったんだと思い詰めていた。

だから、繁に好きだと伝えなかった。その判断が正しかったのかどうかはわからない。八十歳になった今でもわからないままだった。

ただ、子どもを産めなかった自分の人生が、哀れなものだったとは思わない。幸せだったと胸を張ることはできないけれど、誰かに自慢するために生きているんじゃない。独りぼっちのままで死ぬことは怖い。本音を言えば、子どもを産みたかったという気持ちも残っている。後悔もたくさんある。

そんな自分を、自分だけは受け入れてやりたい。いろいろあったけど、いい人生だったね、と言ってやりたい。

でも、まだ無理だ。永遠に無理なのかもしれない。固く結びすぎて解《ほど》けなくなったリボンのように、春美の心を締めつけていることがあった。


恋人同士にも夫婦にもなれなかったけれど、繁とは友達になった。繁もずっと独身だ。なぜ結婚しないのかと聞いたことはなかった。自分の聞かれたくないことを質問するのは間違っているし、繁の心の中に誰かがいるような気がしたのだ。好きなひとがいる。そう言われるのが怖くもあった。八十歳をすぎた今でも怖い。

とにかく彼とは友達だ。眼鏡職人としても信用している。佐久間眼鏡店以外で、眼鏡を作ったことはない。初めての眼鏡も、老眼鏡も繁に作ってもらった。春美が入院したときにはお見舞いに来てくれたし、年賀状のやり取りも続けている。

佐久間眼鏡店を閉めたあと、繁は海のそばにある老人ホームに入った。富津海岸の近くにある施設だ。

住所も聞いていたが、一度も訪ねたことがなかった。二人とも八十歳を超えている上に、春美は余命宣告を受けた。いつ何があっても不思議のない状態だ。身体が動くうちに行ってみることにした。

「よさそうなところだったら、入っちゃおうかしら」

老人ホームのホームページを見ながら、一人暮らしの部屋で呟いた。軽い気持ちで言ったのだが、声に出してみると、そうしたほうがいいように思えた。一刻も早く老人ホームに入るべきだという考えに囚《とら》われた。

孤独死をして周囲に迷惑をかけるのは本意ではないし、一人暮らしは限界に来ていた。戸締まりを忘れたり、起き上がるのが辛かったり、体調が悪くて買い物に行けなかったり、いろいろなことができなくなっている。

だが、その一方で、繁に迷惑がられないだろうかと思いもした。

「だってストーカーみたいじゃない」

冗談めかして呟いたが、笑えなかった。八十歳になった今でも、繁を思う気持ちが残っているのだ。

今さら恋人になりたいとも、ましてや結婚したいとも思っていない。繁を好きだった記憶を宝物のように抱《いだ》いて、あの世に行くつもりでいる。だからこそ彼に嫌われたくなかった。しつこい女だと思われたくない。

春美は、木更津駅から徒歩二十分のところにあるマンションで暮らしている。四十歳のときに、終《つい》の棲家《すみか》としてローンを組んで購入した。一人で生きて、一人で死ぬことを覚悟してのことだった。

歩くことは健康にいいらしいので、なるべく歩くことにしていた。この日も、木更津駅まで歩いた。もう二十分では着かない。

普通電車に乗って、君津駅を通り過ぎ、青堀駅で降りた。そう遠くはない。時刻表通りに十五分で到着した。駅からバスが出ているけれど、体調が悪くなるといけないのでタクシーを使うことにした。無理は禁物だ。

区画整理の成果だろう。道路は整備されて、広く綺麗になっていた。それでも昔の風景は残っている。潮干狩りの下見に来たときと変わらない建物もあった。営業を続けているらしき店もある。五十五年前の面影《おもかげ》が今も残る町並みは、すっかり老人になった春美の心を揺さぶった。若いころの自分が歩いていそうに思えた。佐久間眼鏡店に入っていく姿までが思い浮かんだ。

二十四歳のころの記憶を辿るように、タクシーは海に向かっていく。運転手は無愛想《ぶあいそう》ではなかったけれど無口で、何年か——いや、何十年か前の繁を思い出させるような初老の男性だった。運転も上手で、ほとんど揺れなかった。春美は座席に身体を沈めて、ゆったりすることができた。

二十分ほどで老人ホームに着いた。タクシーの支払いを済ませて外に出ると、潮の香りがした。波の音も聞こえてくる。本当に海の近くなのだ。空気が澄んでいる。

「ありがとうございました」

運転手が挨拶をし、春美を乗せてきてくれたタクシーがどこかへと帰っていく。改めて老人ホームを見た。

庭も建物も豪華ではなかったが、清潔感があって春美の好みだった。どことなく学校を思わせる雰囲気も悪くない。そして、何より海がそばにあるのがいい。内房の町で生まれ育ったからだろう。波の音を聞いていると、心が落ち着く。安らかな気持ちになる。

そんなふうに海のほうを見て耳を澄ましていると、足音が近づいてきた。振り返ると、繁の姿があった。春美に歩み寄り、言葉をかけてきた。

「わざわざ来てくれたんだね」

「図々《ずうずう》しくお邪魔しちゃいました」

笑顔で応じた。繁は元気そうだった。相変わらず無骨な眼鏡をかけていて、それがよく似合っている。春美も同じメーカーの眼鏡をかけている。閉店してしまった佐久間眼鏡店で買ったものだ。この眼鏡が合わなくなったら、別の店で買わなければならない。

「お茶でも飲むかね」

「はい」

少しだけ弾んだ声で答えた。眼鏡屋でも病院のお見舞いでもない場所で、彼に会うのは初めてだった。

老人ホームには、カフェテリアがあった。テラス付きで、富津海岸を一望することができた。近くに公園も見える。許可を得れば、入居者以外も利用できるという。二人は、そこで話をすることにした。

「テラス席でもいいかね」

繁に聞かれて、春美は頷いた。少し暑いくらいの陽気で、春の日射しが降りそそいでいる。

海が見えるように並んで腰掛けた。大きなパラソルが立ててあるので、日射病の心配もいらない。心地のいい風も吹いている。

木更津市から会いにきたのだが、挨拶を済ませると話すことがなくなった。繁は無口で、昔からこんな感じだった。春美も無理に話そうとはしない。一緒にいるだけで穏やかな気持ちになれた。

「いい人生だった」

繁がぽつりと呟いた。もう人生が終わってしまったような言い方だったけれど、満たされた表情をしていた。悔いのない人生を送ってきた証《あかし》のように思えた。

――私もです。

そう呟こうとしたが、言葉が出てこなかった。悔いが残っていたからだ。思い出は美しいのに、胸が締めつけられるように苦しくなる。その苦しさから逃《のが》れたくて、春美は言葉を発した。

「昔話を聞いてもらえますか？」

「もちろんだ」

「長くなりますよ」

「構わんよ」

彼は言ってくれた。春美は、さっちゃんのことを話した。子どもを産めなくなって死のうと思ったことまで話した。

春美の悔いは、返事をできなかったことにある。

お母さんって呼んでもいい？

さっちゃんに聞かれて、二十五歳の春美は返事ができなかった。言葉が出てこなかった。そして彼女は死んだ。死んでしまった。

「ずっと後悔しているんです。どうして何も言わなかったんだろうって」

声が震えて、涙があふれてきた。涙を抑えようと目を閉じると、さっちゃんのはにかんだ笑顔があった。

今にも話しかけてきそうだが、さっちゃんは何も言わない。お母さんって呼んでもいい？　そう質問したときのまま止まっている。そのときから、どこにも行かずに止まっている。

繁も何も言わない。静かに春美の話を聞いていた。もとより返事は期待していなかった。半世紀以上も昔のことなのだ。今さら、どうしようもないことは春美だってわかっている。

カフェテリアは静かだった。他に客がいないわけではないのに、話し声は聞こえない。みんな、波の音を聞いているのかもしれない。春美も目を閉じたまま、その音を聞いた。

海上他界観《かいじょうたかいかん》という言葉がある。死後、魂が海の向こうに行くという考え方だ。海の彼方に死者の国がある、と伝承が残っている地方もある。それが本当ならば、この波もあの世から来たのだろうか。さっちゃんがいるところから来たのだろうか。

そんなことを考えているうちに、さっちゃんが海辺にいるような気がしてきた。春美は目を開けて、砂浜に視線を向けた。涙は止まっていなかったが、海を見ることはできる。滲《にじ》んで見えても海は海だ。

ひとは誰もいなかったけれど、キジトラの可愛らしい子猫がいた。砂浜を横切っていこうとしている。飼い猫のようにも、自由な野良猫のようにも、あの世から遊びに来ているようにも見えた。

そのまま何分かが経過した。子猫の姿が見えなくなったころ、繁がぼそりと呟くように言った。

「ちびねこ亭に行くといい」

春美は戸惑った。何を言われたのかわからない。繁の顔を見ると、彼は海を眺めていた。そんなふうに遠くに視線を置いたまま説明を加えた。

「君津市にある食堂だ。その店で思い出ごはんを食べると、大切なひとと会うことができる」

「大切なひと？」

やっぱり意味がわからず問い返すと、繁が教えてくれた。

「死んでしまったひとのことだよ」

返事ができなかった。繁は続ける。

「思い出ごはんを食べると、死んだ人間に会える。人生に悔いがあるのなら、ちびねこ亭に行くといい」

驚くような言葉だった。彼の顔を見ると、相変わらず海の向こうを眺めていた。

「ちびねこ亭……」

春美は、初めて聞く店の名前を繰り返した。死んだ人間に会えるなんて、とんでもない話だ。繁を知らなければ年寄りのたわごとだと思っただろうが、春美は彼をよく知っていた。頭はしっかりしているし、昔気質《むかしかたぎ》の職人らしく現実的なことしか口に出さない。

つまり現実の話だ。

彼も大切なひとと会ったのだ。

海の向こうを見ている目は、濁りがなく澄んでいた。表情も静かで、波のない海みたいに凪《な》いでいた。嘘をついている顔ではない。そもそも嘘をつくような人間ではない。

ならば、春美の言うべき台詞は決まっている。当たり前のことのように、繁に頼んだ。

「ちびねこ亭に行く方法を——どうすれば、思い出ごはんを食べられるのかを教えてください」

「迷うような道じゃない」

繁はそう言いながら、ちびねこ亭への道順を教えてくれた。死者と会える食堂は、小糸川沿いの道をまっすぐ進んだ先の東京湾にあるという。

そのあたりには、土地勘があった。かつて勤めていた神門保育園から歩いていける場所だ。小糸川沿いの道を歩いたことも、同僚と一緒に東京湾を見に行ったこともある。けれど、ちびねこ亭という名前は記憶になかった。その理由はすぐにわかった。繁が教えてくれた。

「できてから、まだ二十年も経っていない」

春美が神門保育園に勤めていたころには、まだ存在していなかった食堂だった。

「新しい店なんですね」

「ああ、最近できたばかりだ」

真顔でそんな会話を交わした。歳を取ると、最近の範囲が広くなる。八十代の二人にとって、二十年前は昨日のようなものだった。

繁から電話番号を教えてもらい、その日のうちに予約を取った。家に帰ってから電話をした。

対応してくれたのは、丁寧な言葉遣いをする青年だった。事情を話して、思い出ごはんをお願いしますと頼むと、明日の予約が取れた。呆気ないくらい簡単だった。

そして、翌日もすぐに訪れた。


木更津市の自宅から、ちびねこ亭は自動車で四十分くらいの場所にあった。タクシーで行けば楽に行けるだろうけれど、電車とバスを乗り継いで行くことにした。バス停から歩かなければならないが、もう一度、神門の町を歩いてみたかった。

電車に乗って君津駅に行き、北口からバスに乗った。そして、神門のバス停で降りた。寒くも暑くもない陽気だった。春の日射しが心地いい。体調を気にすることなく歩くことができる。

春美は歩いた。何分もいかないうちに、内房の名宿・旅館かわなが見えた。その前を通って小糸川沿いの道に出ると、左手に人見山《ひとみやま》が見えた。麓《ふもと》に青蓮寺《しょうれんじ》という真言宗《しんごんしゅう》の寺があり、登っていくと人見神社がある。人見神社には、何度かお参りに行ったことがあった。「人見の妙見《みょうけん》さま」として厚い崇敬を受けている神社だ。

四十年も昔のことなのに、意外なほどおぼえていた。歩くたびに、当時の景色や記憶がよみがえってくる。いろいろなことがあった。楽しかったこともあれば、悲しかったこともある。忘れてしまったこともあるだろう。

人見山に登ってみたい気持ちになったが、これから、ちびねこ亭に行かなければならない。春美は会釈をするように頭を下げて、人見の妙見さまに背中を向けた。そして、東京湾に向かって小糸川沿いの道を歩いた。

人通りはなく、自動車も来ない。道路脇に民家はあるのに静まり返っている。空き家も多いようだけれど、不思議と寂《さび》れた感じはなかった。穏やかで心地のいい静けさに包まれていた。

やがて東京湾に着いた。抜けるような青空と白い砂浜が広がっていて、ミャオミャオとウミネコが飛んでいる。道を間違えていなければ、ちびねこ亭はすぐそこにあるはずだ。

「どんなお店かしら」

海辺を歩きながら独り言を呟いた。ちびねこ亭について調べなかった。なぜだかわからないが、パソコンやスマホで調べる気になれなかったのだ。

さらに進むと、白い貝殻の小道に出た。電話で聞いたとおりの風景だ。手入れが行き届いているのか、貝殻は真っ白で、光の加減によっては真珠みたいに見えた。

「もうすぐ予約した時間ね」

また呟いてしまった。独り言が癖になっている。寂しい癖だと思う。けれど、このときは独り言に返事があった。

「みゃ」

ウミネコではなく、猫の鳴き声みたいだった。でも猫はいない。きょろきょろと周囲を見たが、見つけることはできなかった。その代わり黒板があった。カフェなどで看板代わりによく使われているタイプの黒板だ。たいていは、おすすめメニューが書いてある。

老眼が進んでいる春美の目では、何が書いてあるのかわからない。とりあえず黒板に近づいた。

顔を寄せるようにして見ると、チョークで文字が書かれていた。ただ、メニューではなかった。いや、メニューと言えばメニューだが、普通の飲食店のものとは趣《おもむき》が違っていた。

ちびねこ亭

思い出ごはん、作ります。

それから、子猫の絵が描いてあった。子どもが描いたような稚拙な絵だったけれど、温かみがあって、見ているだけで幸せな気持ちになった。

ふと思いついて黒板の絵に聞いた。

「さっき鳴いたのは、あなたなの？」

本気で質問したわけではない。あまりにも気分がよかったから冗談を言ってみたのだ。

しかし、返事があった。

「みゃ」

さっきと同じ鳴き声だった。もちろん、黒板の絵が鳴いたわけではない。黒板の陰から、茶ぶち柄の子猫が顔を出していた。

「みゃあ」

人に懐《なつ》いているらしく、春美を見ても逃げようとしない。おそらく飼い猫だ。黒板の絵に似ている気がした。

「もしかして、ちびねこ亭の猫さん？」

「みゃ」

返事をしてくれた。しかも、頷くようなしぐさをした。春美の声に反応しただけだろうけれど、見た目もしぐさも愛らしい。

重ねて子猫に話しかけようとしたとき、カランコロンと音がして、ちびねこ亭の扉が開いた。

ひとが出てきた。二十代前半くらいに見える優しげな顔立ちの青年だ。レディースにも見える華奢なフレームの眼鏡をかけている。

子猫と話す声を聞いて出てきたらしく、春美に向き直り、ホテルマンのような丁寧さで頭を下げてきた。

「はじめてお目にかかります。ちびねこ亭の福地櫂と申します」

聞きおぼえのある声だった。

「電話の人ですね。片岡春美です。今日はよろしくお願いします」

「かしこまりました」

青年――福地櫂は請け負うように言い、店の扉をさらに大きく開けて、春美の前に道を作ってくれた。

「どうぞ、お入りください」

店の中が、はっきりと見えた。木製のテーブルと椅子が、ゆったりとした間隔で並んでいる。外観はヨットハウスのようだが、内装は丸太小屋みたいだった。ぬくもりのある空間が広がっていた。初めて来たのに懐かしい感じがした。

「素敵なお店ね」

「ありがとうございます」

福地櫂が応じる声に被せるようにして、またしても子猫が鳴いた。

「みゃあ」

看板のそばにいた茶ぶち柄の子猫だった。誇らしげにしっぽを立てて、ちびねこ亭に入っていく。

「あなたは本当に……」

福地櫂はため息をつくが、子猫が店に入るのを止めようとしない。やっぱり、この店の猫なのだ。看板の絵のモデルだ。

「可愛い猫ちゃんね」

「ありがとうございます。当店のちびです」

子猫を紹介する青年の声は、今まで以上に優しかった。手を焼きながらも可愛がっているとわかった。

――ちびねこ亭のちび。

この子猫が、食堂の主《あるじ》みたいだ。そう思って見ると、福地櫂は子猫に仕える執事のようだった。

「みゃん」

また、ちびが鳴いた。店の中から、こっちを見ている。早く来いと言われた気がした。

福地櫂も同じように感じたらしく、肩を竦《すく》めてから姿勢を正した。そして、改めて春美に言った。

「ちびねこ亭へようこそ」

「こちらの席をご用意させていただきました」

福地櫂が椅子を引いてくれた。案内されたのは、海と砂浜、青空がよく見える窓際の席だった。他に客の姿はなく、福地櫂の他に店員もいないようだ。一人でやっているお店なのかもしれない。

そんなことを考えていると、ちびねこ亭の主の鳴き声が聞こえた。

「みゃ」

ただ、春美や福地櫂に向かって鳴いたのではないようだ。壁際に大きな古時計があって、隣に年代物の安楽椅子が置いてある。

ちびは安楽椅子に飛び乗り、こっちを見ることなく丸くなった。さっさと寝てしまったらしく、寝息を立てている。

その様子を見ているだけで癒やされた。居心地のいい食堂だったが、春美はくつろげなかった。繁の言葉が、頭の奥で谺《こだま》していた。

思い出ごはんを食べると、死んだ人間に会える。人生に悔いがあるのなら、ちびねこ亭に行くといい。

人生に悔いがあるから、ちびねこ亭にやって来た。死んだ人間に——大切なひとに会いにきた。

福地櫂は詐欺《さぎ》を働くような人間には見えないけれど、僧侶や神主のような宗教家にも見えないし、占い師の類《たぐい》でもないようだ。普通の好青年にしか見えない。ちびねこ亭にしても、死者が現れそうな雰囲気はなかった。

改めて聞いてみようとしたが、そんな暇はなかった。

「ご予約いただいた思い出ごはんをお持ちいたしますので、少々お待ちください」

福地櫂は言うと、一礼してキッチンらしき小部屋に行ってしまった。無愛想ではないが、雑談をするタイプではないようだ。

本当に死者と会えるのか聞いてみたかったが、呼び戻す必要はないだろう。思い出ごはんを食べてみればわかることだ。

自分以外に客のいない食堂で、料理が出てくるのを待った。テレビもラジオもない空間は静かだ。海のほうからウミネコの鳴き声と波の音が聞こえてくる。

窓の外を見ると、チューリップの花が目に飛び込んできた。白い貝殻の小道の脇で咲いている。赤、白、黄色、ピンクと色とりどりに咲いていて綺麗だったけれど、春美は首を傾げた。

「チューリップなんてあったかしら……」

小道を歩いてきたのに、見た記憶がなかった。満開に咲いているチューリップを見落としたのだろうか。だとしたら、やっぱり自分は老いぼれている。

そう考え込んでいると、福地櫂が戻ってきた。重箱と急須《きゅうす》を載せたお盆を持っている。

「お待たせいたしました」

春美に一礼してから、食事の準備を始めた。お盆をテーブルに置き、重箱の蓋を開ける。

そこには、粒々感のある小豆あんがぎっしりと詰まっていた。間違いない。春美の注文した思い出ごはんだ。福地櫂がその名前を口にした。

「重箱入りぼたもちです」

春美とさっちゃんの思い出ごはんは、ぼたもちだった。だが、コンビニやスーパーなどで一般に売っているものとは違う。

重箱入りぼたもち。

あるいは、「房総ぼたもち」と呼ばれる郷土料理だ。小豆あんとおこわを丸めることなく、重箱に敷き詰めて、好みの量を取り分けて食べる。廃れてしまった地域もあるようだが、現在でも残っている。祭り、お祝い、彼岸《ひがん》などのときに作られていて、祝儀では小豆あん、おこわ、小豆あんの順番で三層にする。春美の両親もよく作っていた。春美の成長を祝ってくれた。

懐かしくも切ないような気持ちで重箱入りぼたもちを見ていると、福地櫂が聞いてきた。

「よろしければ、お取りいたしますが」

「ええ。それじゃあ……」

頷くと、慎重な手つきで、白磁の和菓子皿に、ぼたもちの層が見えるように取り分けてくれた。二人分ある。一つは、きっと、さっちゃんの分だ。さらに急須の緑茶を注ぎ、福地櫂が執事のようにお辞儀した。

「ごゆっくりお召し上がりください」

そして、キッチンに戻っていった。さっちゃんと二人きりにしてくれたのだろう。

だが、重箱ぼたもちと緑茶が並んでも――思い出ごはんが目の前に置かれても、さっちゃんが現れる気配はなかった。ちびねこ亭は静まり返ったままだ。

考えていても仕方がない。とりあえず食べようと、春美は手を合わせた。

「いただきます」

お箸を手に取り、小皿に取り分けてもらった重箱ぼたもちを口に運んだ。小豆あんは甘く、おこわは素朴な味がする。緑茶は少し濃いめで、爽やかな苦味があった。五十五年前と同じだ。記憶が鮮明によみがえってくるようだった。

春美は軽く目を閉じ、ため息をついた。

〝美味し――〟

最後まで言えなかった。声がおかしくなっていることに気づいたのだ。自分の声なのに、くぐもって聞こえる。咳払《せきばら》いを何度かして、緑茶で喉を湿らせてから、もう一度声を出してみた。

〝ええと……〟

治らない。ただ喉に違和感はないので、耳がおかしくなったのかもしれない。この時点では、それほど動揺しなかった。歳を取ると、いろいろな不調が起こる。耳や喉がおかしくなるのは、言ってみれば日常だ。

とりあえず湯冷ましをもらおうと、キッチンに言葉をかけようとした瞬間、自分の声以外にも異変が起こっていることに気づいた。

古時計の針が止まっていた。だが他の異変に比べれば、可愛いものだった。窓の外の景色が目に入った瞬間、心臓が止まりそうになった。

〝……嘘〟

言葉がこぼれ落ちた。口をあんぐりと開けていただろう。でも、驚かないほうがどうかしている。時間の流れが止まっていたのだ。風景が静止画像のようになっている。波も海鳥もストップボタンを押したように止まっていた。雲も流れていない。音も消えていた。

何が起こっているのかわからない。世界の終わりがやって来たのかもしれないが、どうすることもできない。呆然《ぼうぜん》と座り込んでいると、ふいに鳴き声が聞こえた。

〝みゃん〟

ちびだった。しかも動いている。眠っていたはずの子猫が、とことこと入り口のほうへ歩いていく。

鳴き声はくぐもっていたが、動いているものを見て安心した。春美は、ちびに声をかけた。

〝ねえ、何が起こっているの？〟

〝みゃ〟

返事をしてくれたけれど、猫の言葉はわからない。ちびは足を止めることなく歩き続ける。

〝お外に行きたいの？〟

違うようだ。首を横に振るような感じでしっぽを振り、また鳴いた。

〝みゃん〟

そして、入り口の前で足を止めた。それから、上半身を起こした姿勢で前足をそろえて座った。「スフィンクス座り」とか「エジプト座り」と呼ばれる格好だ。犬のお座りにも似ていて、誰かを待っているようにも見える。

〝どうしたの？　お客さんが来るの？〟

春美が問いを重ねたときだ。子猫が返事をするより早く、ちびねこ亭の扉がゆっくりと開いた。

カラン、コロン。

くぐもったドアベルの音を鳴らしながら、小さな人影が食堂に入ってきた。いつの間にか、真っ白な靄《もや》が立ち込めている。店内がドライアイスをたいたみたいになった。

明らかにおかしい。

さっきから何もかもがおかしい。

けれど、気にしている余裕はなかった。春美は、その小さな人影から目を離せなくなっていた。靄のせいでよく見えないけれど、思い浮かぶ顔があった。

〝もしかして……〟

呟く声に重ねるように、小さな人影が言葉を発した。幼い声で春美を呼んだ。

〝あ、先生だ！〟

くぐもってはいるが、五十五年前と同じ声だ。話し方まで記憶通りだった。そうだった。あの子はこんなしゃべり方をしていた。

幼い人影が春美のほうへと歩いてくる。

繁の言葉を疑っていたわけではないけれど、本当に現れた。春美は何も言えずに、近づいてくる白い人影を見つめていた。立ち上がることさえできなかった。

五十五年前の子どもだからだろうか。今の保育園の年長より小柄だ。年中、いや年少クラスにいても違和感がない。

こんな小さな子どもが死んでしまったのだ。今さらのように胸が痛んだ。鼻の奥が熱くなったが、涙が出ないように歯を食いしばった。子どもの前では泣かないと決めていた。

絶対に泣いてはいけない。大人が泣くと、子どもは不安になる。不安にさせないのは大人の——保育士の務めだ。

涙をこらえていると、幼い人影がテーブルのそばまでやって来た。まだ顔は見えない。靄が邪魔をしていた。真っ白な壁を作っていた。

彼女の顔を見たいと思った。顔を見て話したかった。

そんな春美の願いを叶えてくれたのは、ちびねこ亭の看板猫——あるいは主《あるじ》のちびだった。

〝みゃ〟

茶ぶち柄の子猫が短く鳴いた。その瞬間、生者と死者の垣根が消えた。ふたりの間を隔てていた真っ白な壁がなくなり、幼い人影の顔が露《あら》わになった。

〝さっちゃん……〟

春美は名前を呼んだ。やっぱり、彼女だった。さっちゃんだ。泣かないと決めていたのに、涙がほろりと頬に伝い落ちた。

さっちゃんは五十五年前と同じ顔をしていたが、春美は年老いてしまった。別人のように見えるだろうに、昔と同じように話しかけてくれる。

〝先生の前に座ってもいい？〟

〝も……もちろんよ。ぼたもちも……ぼたもちもあるから。さっちゃんのために頼んだんだから食べて〟

涙を抑えて、精いっぱいの明るい声で答えた。泣いている場合ではないとわかっていたからだ。

この奇跡の時間を大切にしなければならない。一秒一秒を胸に刻み込まなければならない。

――大切なひとと会えるのは、思い出ごはんが冷めるまで。

誰に教えられたわけでもないのに、さっちゃんと会える時間がかぎられていることを知っていた。

また、思い出す言葉もあった。

死者が食べるのは、においだけです。仏前で線香をたくのは、その香りが死者の食事になるからなんです。

去年の夏に参列した葬式で、住職が教えてくれたことだ。香食《こうじき》という言葉があるという。だから四十九日が終わるまでは、線香を絶やさないようにするのだ。

〝先生のぼたもちだ！　美味しそう！〟

さっちゃんは喜んでくれた。だが、食べようとはしない。住職が言っていたように、においが食事なのだろう。

冷めてしまえば、においはしなくなる。湯気が冷めたかどうかの目安になるのだろうけれど、ぼたもちは最初から湯気が立つほど温かくはない。緑茶だけが湯気を立てている。今はまだ温かくても、すぐに冷めてしまうだろう。さっちゃんと一緒にいられる時間は短い。話すことのできる時間は、おそらく、あと何分も残っていない。

〝先生、あのね〟

さっちゃんが話しかけてきた。さっきのはしゃいだ様子とは打って変わって、真面目な顔をしている。春美をまっすぐに見て、こんなふうに言った。

〝かわいそうな子だって思わないでほしいの。だって、かわいそうなんかじゃなかったんだから〟

嚙んで含めるような口調だった。

〝ちょっとしか生きられなかったけど、一生懸命だったんだよ。わたし、がんばったの。だから、かわいそうって思わないでほしいの〟

記憶の中にある少女は、いつも笑っていた。病気になって辛くなかったわけがないのに、常に笑っていた。

大人が思っているよりも、子どもは気を使っている。さっちゃんも、父親や周囲の人間を悲しませないように笑っていたのだ。誰もいない病室では、きっと泣いていたのだろう。しょんぼりした背中を見たことがあったのに、さっちゃんががんばっていることに気づかなかった。明るい子どもだと思っていたのだった。何も見ていなかった。愚かだった。どうしようもないバカだった。

〝でも、もう、いいんだ。終わっちゃったことだから〟

さっちゃんが独り言のように続けた。春美は返事ができない。本当のことだったからだ。彼女の人生は、五十五年前に終わっている。まだ六歳なのに死んでしまった。かわいそうだと思わないでくれと釘を刺されたばかりなのに、あふれてくる涙を抑えることができなかった。子どもの前では泣かないと決めていたのに、また泣いてしまった。

それでも、さっちゃんに会えて嬉しかった。悲しかったけれど、嬉しかった。ハンカチで目を押さえながら、この時間に感謝した。

死者は、生者の考えていることがわかるらしい。さっちゃんが返事をした。

〝わたしも先生に会えて嬉しい。すごく嬉しい〟

――ありがとう。話してくれて、ありがとう。こんな自分に会いに来てくれて、ありがとう。顔を見せてくれて、ありがとう。

たくさんのありがとうを伝えようとして、目を押さえていたハンカチを外し、それから、春美は息を呑んだ。

さっちゃんの姿が消えかかっていたのだ。反対側の壁が見えそうなくらい透き通っている。その上、ふたたび靄が立ち込めてきて、少女の姿を隠そうとしていた。

目の錯覚であってほしかったけれど、そうではなかった。さっちゃんが申し訳なさそうに言った。

〝もう帰らないと駄目みたい〟

テーブルに目をやると、緑茶の湯気が消えかかっていた。思い出ごはんが冷めかけている。奇跡の時間が終わろうとしていた。

思いつくままに急須のお茶を注いだが、そのお茶も冷めかけていた。湯気は濃くならなかった。

〝先生、ありがとう。でも、帰らないと駄目なんだ。わたし、ずっと前に死んじゃったんだから、この世にはいられないんだよ〟

少女の言葉が、胸に突き刺さる。血が出ないのが不思議なくらい痛かった。そして、五十五年前の質問を繰り返した。

〝先生のこと、お母さんって呼んでもいい?〟

唐突に思えたが、この質問の返事を聞きたくて、さっちゃんは現世に戻ってきたのかもしれない。春美の答えをずっと待っていたのかもしれない。

お母さんと呼んでほしかった。さっちゃんの母親になりたかった。さっちゃんを本当の娘のように思っていた。

でも、頷くわけにはいかない。お母さんと呼んでもらうわけにはいかない。さっちゃんには、本当の母親がいるのだから。五十五年前もそう思った。だから、返事ができなかった。

余命宣告を受けて、人生に悔いを残さないようにしようと、ちびねこ亭に来たのだが、本当の母親への遠慮はなくならない。

靄が濃くなり、さっちゃんの姿がいっそう薄くなった。白い靄に溶けていっているようにさえ見える。あの世に帰りかけているんだとわかった。

また返事ができなかった。お母さんになれなかった。子どもを産めない自分は、結局、さっちゃんの母親にもなれなかった。

心が痛かった。だけど、泣き顔で別れたくない。春美は笑おうとした。最後に笑顔を見せようとした。

そのとき、さっちゃんが言葉を発した。ほとんど姿の見えなくなった少女が、消えそうな声で言った。

〝あっちにいるのはママだから。お母さんは、先生だけだよ。ずっと、先生のこと、お母さんって呼びたかったの。ずっと、ずっと呼びたかったの……〟

その瞬間、春美は大声を出していた。考えるより先に叫んだ。あの世に帰りかけているさっちゃんに――五十五年前の自分に届くように思い切り叫んだ。

〝いいわよ！　お母さんって呼んで！　先生、さっちゃんのお母さんになるから！　がんばって、さっちゃんのお母さんになるから！〟

人生でいちばん大きな声を出した。喉が張り裂けそうなくらい叫んだ。心臓が止まりそうなくらい力いっぱい叫んだ。

でも、遅かった。さっちゃんの姿は消えていた。気配さえ残っていない。春美の声は届かなかった。

靄が晴れていく。古時計の針がチクタク、チクタクと進み出し、窓の外の景色が動き出した。波の音が聞こえる。ミャオ、ミャオとウミネコが鳴いている。

終わってしまった。

みんな、終わってしまった。

前を向いていられなくなり、春美はうなだれた。繁が教えてくれたのに、思い出ごはんを食べて奇跡が起こったのに、悔いは晴れなかった。さっちゃんに気持ちを伝えることができなかった。

時間の流れがもとに戻り、さっちゃんはあの世に帰っていった。ぐずぐずしていたせいで、さよならを言うことさえできなかった。自分は、どうしようもない。奇跡を生かすことができなかった。

〝……本当に駄目ね〟

呟いて、はっとした。何もかもが終わってしまったと思ったのに、春美の声はくぐもっていた。

〝もしかして――〟

顔を上げると、頬に風を感じた。爽やかで暖かい春の風だ。ちびねこ亭の扉が開いたままになっていた。外の景色が見える。晴れかけた靄が残っていて、チューリップの花が咲いている。まだ、咲いていた。

ちびねこ亭の入り口のそばには、ちびがいて春美を見ている。何かを待っているようだった。その姿勢のまま、くぐもった声で鳴いた。

〝みゃ〟

猫の言葉はわからないけれど、なぜか、ちびの言葉はわかった。春美の心に伝わってきた。

──まだ待ってるよ。

目を凝《こ》らして扉の向こう側を見ると、ほとんど透明になった小さな影があった。じっと、こっちを見ている。春美の言葉を待っている。

春美は奇跡の欠片《かけら》を集めるようにして、ふたたび声を上げて叫んだ。

〝先生、がんばるから！　がんばって生きるから！　さっちゃんのお母さんとして、がんばるから！〟

五十五年前に死んでしまった少女と約束した。わずか六歳で死ななければならなかった少女に伝えた。

余命六年。

医者に言われた残りの寿命だ。それは、さっちゃんの一生分の時間だった。さっちゃんは、その六年間をがんばって生きた。最後まで、がんばった。春美もそうするべきだ。

人生が終わったような気持ちになるのは早い。諦めるのは、まだ早い。

叫び続けるだけの時間が残っている。さっちゃんの一生分の時間が残っている。届かなくても、叫び続けるだけの時間が残っている。そのことに、やっと気づいた。五十五年前に死んだ少女が教えてくれた。

〝さっちゃん、ありがとう。本当にありがとう〞

今度こそ、言えた。言うことができた。出会ったことに、生まれてきたことに、ありがとうを伝えた。

すると、さっちゃんの声が聞こえた。

〝お母さん、さっちゃん、またね〞

〝うん。またね〞

子どものように泣きながら応えた。また会おうという約束だった。六年後に、きっと会える。

〝みゃあ〞

ちびが時間の終わりを告げるように鳴くと、ちびねこ亭の扉が閉まり、カランコロンとドアベルが鳴った。

その音は、くぐもっていなかった。

もう、くぐもっていない。

○

思い出ごはんの値段は、高くもなければ安くもなかった。お店を貸し切り状態にしたことを考えると、かなり安い。

支払いを済ませて、ちびねこ亭の外に出た。福地櫂とちびが、春美を見送ってくれる。

「ありがとうございました」

「みゃ」

声はくぐもっていない。目の前に貝殻の小道があるけれど、チューリップは咲いていなかった。

すべては夢だったのかもしれない。自分に都合のいい夢を——優しい夢を見たような気もする。

それでもよかった。さっちゃんに会えて満足だ。この歳になると、現実も夢もたいした違いはない。

「また来ますね」

春美は言葉を返した。お世辞ではなく、食事に来るつもりでいた。このお店は居心地がいい。新しい居場所を見つけた気持ちだった。

「お待ちしております」

福地櫂は、最後まで丁寧だった。ちびは何も言わずに、首を傾げるようにして砂浜の向こうのほうを見ている。何かが見えているのかもしれない。

ふたりに別れを告げて、春美は歩き始めた。白い貝殻の小道が終わり、砂浜が広がった。春の日射しが眩しい。目を細めて足を進めていくと、砂浜の向こうに人影が立っていた。自分を待っていたらしく、春美に気づくと手を振った。大きな振り方ではないけれど、そのしぐさは優しい。

誰だろうとは思わなかった。春美がちびねこ亭に行くことを知っているのは、この世に一人しかいない。心配してきてくれたのだ。

手を振り返しながら、春美は呟いた。自分にしか聞こえない声で言った。

「がんばってみるか」

今さらだろうと、手遅れだろうと、みっともなかろうと自分の人生だ。悔いを残したくなかったし、がんばるからと約束をした。諦めないと誓った。さっちゃんに嘘はつけない。

「繁さん！」

くぐもっていない声で叫んだ。大声で彼の名前を呼んだ。その続きの言葉は、春美の胸の奥にある。

ちびねこ亭特製レシピ

重箱入りぼたもち

材料

・もち米
・小豆あん（もしくは、小豆、砂糖）

作り方

1　もち米を炊き、おこわにする。
2　小豆に同量の砂糖を加えてあんを作る。市販の小豆あんを使っても可。
3　重箱に、あん、おこわ、あんの順に三層に詰めて完成。
4　好みの量を取り分けて食べる。

ポイント

重箱がない場合や多すぎる場合には、弁当箱やタッパーを利用しても大丈夫です。容器が小さすぎて三層にできないときには、おこわの上にあんを載せてお召し上がりください。また、きなこや黒蜜などを加えてアレンジするのもおすすめです。

うみねこ食堂のおひるごはん

三舟山《みふねやま》展望台からの眺望

三舟山の自然の中の遊歩道、アメニティロードを登って行くと、山頂に展望台が設置されています。この高台からの眺望は素晴らしく、君津市街地から、天候によっては東京スカイツリーなど東京湾の眺望まで楽しむことが出来ます。この展望台からの広々とした景観は千葉眺望百景に登録されています。三舟の里案内所近くの三舟山入り口から山頂の展望台を回る散策路は1周1700m程で、大人の足で歩いて1周約45分程の行程となっています。

（君津市公式ホームページより）

杉本良彦《すぎもとよしひこ》の夢は、漫画家になることだった。小学校の卒業文集にもそう書いた。みんなに読んでもらえる漫画を描いて、大金持ちになりたいと書いてある。

その夢は叶った。

半分くらい叶った。

大学在学中に漫画の新人賞を獲り、卒業前に週刊誌での連載が始まった。それから半年もしないうちにアニメ化した。

漫画を描くのが忙しくて大学を中退したが、不安はなかった。このまま上手くいくと思っていた。大金持ちになれると思っていた。だが、当時の担当編集者の意見は違っていた。アニメの放送が始まって一ヶ月もしないときに言われた。

「もう少し伸びないと厳しいですね」

良彦より三つ年上——ほとんど同い年なのに、壁のあるしゃべり方をする男だった。そのくせ遠慮がなかった。

「現状だと連載を続けることが難しくなります」

アニメの視聴率も、単行本の売上げもイマイチだったのだ。読者アンケートも伸びなかった。ファンレターの数も少ない。

「これから伸びますよ」

良彦は言い返した。アニメ化したのだから伸びるに決まっている。展開的にも、これから盛り上がるところだ――。

でも駄目だった。何一つ伸びなかった。もう少し伸びないと厳しいと指摘された三週間後のことだった。

「仕切り直しましょうか」

そんな台詞で連載の打ち切りを宣告された。アニメの最終回に合わせて、最後の単行本を出すためだ、と説明された。アニメも低視聴率のまま終わろうとしていた。

「わかりました」

悔しかったが、このときは冷静に答えた。一つの作品にしがみつくつもりはなかったし、新しいアイディアもあった。すぐ新連載を始めることができると思っていたのだ。アニメ化までしたのだから、連載枠が用意されているとも思っていた。しかし、その考えも甘かった。

「まずは読み切りからですね」

編集者は事務的に話を進めた。読み切りを掲載して、そのアンケートの結果や反響を見て、連載が決まるということだった。

当たり前のことなのに、良彦は不満だった。不満に思うだけではなく、言葉にしてしまった。

「いきなり連載でも大丈夫ですけど？」

「今回は、読み切りからお願いすることになりました」

にべもない言い方に聞こえた。

「そうですか」

仕方なく頷くと、編集者が読み切りの説明を始めた。締め切り、ページ数、掲載予定日、さらに、おおよその掲載位置を教えてくれた。真ん中より後ろだった。目立たない場所だ。

「待ってください。巻頭カラーじゃないんですか？」

我慢できずに、また口を挟んだ。新連載や人気のある作品は、カラーページを与えられることが多い。注目されている漫画家だと、読み切りでも大きく扱われる。アニメ化までした自分は、その枠に入っていると思っていたのだ。

「その予定はないですね」

編集者は素っ気なかった。冷たくあしらわれた気がした。

い。

「そうですか」

どうにか返事をしたが、腸《はらわた》は煮えくり返っていた。怒りで声が震えていたかもしれない。

この話が出る前から出版社に腹を立てていた。アニメ化した作品が売れなかったのも、出版社がちゃんと宣伝してくれなかったせいだと思っていた。その証拠に、自分より面白くない漫画が売れている。子どもの落書きのような画力の漫画が映画化までした。

編集者の話はそれだけではなかった。予想もしていなかったことを言い出した。

「内容についてもご相談があります。ミステリー以外のジャンルでお願いできませんか？」

「ミステリー以外？」

おうむ返しに聞くと、編集者がこくりと頷いた。

「ええ。名探偵もサイコパスも出てこない、普通のひとびとの日常生活を題材にした漫画をお願いしたいと考えています。ほっこりした作品は需要がありますし――」

話にならない。そう思った。二作目にして作風を変えろというのだ。それも退屈そうな話を描かせようとしている。

「杉本先生の作風には、そのほうが――」

皆まで聞かず遮《さえぎ》った。

「もう、いいです。この話はなかったことにしてください。今後は、他社で描きますんで」

話を打ち切るように言った。本気ではなく、仕返しのつもりだった。編集者が慌《あわ》てると思った。他社に行くことを止められると思った。好きなように描かせてもらえるようになると思った。

だが、ここでも良彦は間違っていた。編集者は慌てなかった。戻ってきたのは、事務的な言葉だった。

「つまり、読み切り原稿はいただけないということですね」

念を押された。止めようとする気配さえなかった。こうなってしまうと、あとには退けない。

「ええ」

頷いてしまった。謝ってでも撤回すべきなのに、そうしなかった。何秒かの沈黙のあとで、編集者がため息混じりに言った。

「わかりました。残念です」

こうして、デビュー版元との縁が切れた。自分で切ってしまったのだ。

月日が流れ、良彦は四十歳になった。今の四十歳は若いというけれど、良彦は身も心も疲れ果てていた。

こんなはずじゃなかった、と思うことにも疲れた。漫画家になんてならなければよかった、と後悔する気力も失っていた。

結婚したことはなく、東京の外れにある古いアパートで一人で暮らしている。漫画家を名乗ってはいるけれど、連載は持っていない。星の数ほどいる、『過去の作家』の一人だ。紙媒体に掲載してもらったこと自体、遠い昔の思い出になっていた。

「バカなことをしたもんだ……」

誰もいないアパートで呟いた。口癖《くちぐせ》になっていた。十年以上も同じ台詞を呟いていた。読み切りの話を断ったことを悔いている。

「おとなしく描いときゃよかったんだよ」

デビュー版元との縁が切れたあと、他の出版社に原稿を持ち込んだ。どこからも芳《かんば》しい答えはもらえなかった。新人賞に応募したこともあるが、受賞どころか最終選考にも残らなかった。

——圧力をかけているんだ。

そう思おうとしたこともある。良彦のデビュー版元は大手で、出版界では力があった。けれど、デビュー版元のライバルと言われている出版社に原稿を持ち込んでも駄目だった。どこに持ち込んでも、戻ってくる答えは同じだった。

「悪くはありませんが……」

よくもない。そう言われた。無言で首をひねられたこともある。

たいていは掲載に至らなかったが、一度だけ読み切りを載せてもらったことがあった。

三十歳のときだ。そのころ父が他界した。突然死だった。

突然死とは、それまで健康に日常生活を送っていた人が、何の前兆もなく死亡することだ。心疾患や脳血管疾患などが原因となる場合もある一方で、原因がわからない場合も多いと言われている。父は後者だった。なぜ死んだのかわからないまま火葬場で焼かれて、墓に入った。

良彦なりに思うところがあり、今までにも増して力を入れて描いた作品だった。手応えもあった。

だが、読者の反応はほとんどなく、ＳＮＳでエゴサーチをしても一つしか感想を見つけることができなかった。

——既視感ありすぎ。どこかで見たような内容をつなぎ合わせただけ。そのくせ、読んでて疲れる。

良彦は、ミステリー漫画を描いていた。名探偵が登場し、凄惨な殺人事件を解決する。ひとびとは憎しみ合い、犯罪に巻き込まれ、家族や恋人同士で殺し合う。アニメ化した作品もそうだった。

良彦の作品にかぎらず、「既視感がある」「パクりだ」とネットに書き込まれるのは珍しいことではない。特にミステリーと呼ばれるジャンルでは、その傾向が強いような気がする。

「これだけ名作があふれているんだから、既視感があって当たり前だろ」

SNSの書き込みに言い返した。誰もいない部屋で言っただけだ。アカウントを持っていたけれど、反論を書き込む度胸はなかった。

あったとしても、感想の最後に付いていた一言を読んで消えた。

——結局、才能ないって話。

心が折れた。いや、ずっと前から折れていたのかもしれない。SNSの書き込みを気にする必要はないとわかっていたけれど、ラクダの背中を折るのは、いつだって最後の一本の藁《わら》だ。些細《ささい》なことにも思える一言で傷つき、筆を折ってしまう漫画家や作家は存在する。

この瞬間から、原稿を持ち込んだり新人賞に応募することをやめた。才能がないのだから、いくら原稿を描いても無駄だとわかった。

SNSの書き込みを見たとき、デビュー版元の編集者の顔が思い浮かんだ。風の噂《うわさ》で編集長になったと聞いた。数え切れないくらい多くの漫画をヒットさせていた。素っ気ない性格は変わっていないようだが、たくさんの有名漫画家に慕《した》われているらしく、インタビューやネット記事で名前をよく見かけた。

「おとなしく描いときゃよかったんだよ」

同じ台詞を繰り返した。名前を見るたび、独り言を呟いてしまう。あのときはわからなかったが、四十歳の今ならわかる。デビュー作がアニメ化されて天狗になっていたのだ。アニメ化されたのは自分の実力で、思ったほど売れなかったのは出版社の責任だと思っていた。

「実力なわけねえだろ」

それこそ大手出版社の力だったのだ。簡単なことなのに、二十代の自分はわからなかった。すべてが終わってしまうまでわからなかった。

後悔しても時間は戻ってこない。口から出た言葉を取り消すこともできない。人生にやり直しはない。そのくせ生きていかなければならないのだから、この世はヘビーだ。

持ち込みや新人賞への応募をやめても、漫画との縁が切れたわけではない。漫画から遠ざかりたいという気持ちはあったけれど、他にできそうな仕事がなかった。良彦にできるのは、絵を描くことくらいだった。

伝手《つて》を辿ってアシスタントになった。運のいいことに、大御所の人気漫画家に使ってもらうことができた。デジタルではなく、アナログで絵を描けるアシスタントをさがしていたのだ。

七十歳をすぎているのに連載を持っていて、その作品もアニメ化されていた。本物の天才で、しかも人格者だった。

「杉本くんがいてくれて助かるよ」

大御所の人気漫画家――先生は、そんなふうに言ってくれた。意見や感想を求められることもあった。自分を立ててくれる。

人気漫画家のアシスタントは大変だ。連載だけでなく、新装版や愛蔵版を出すときのチエックまで頼まれる。寝る暇がないくらい忙しいけれど、それを補ってあまりあるほどの給料をもらっていた。先生のアシスタントだけで十分に食べていくことができた。

だが、そんな生活も終わろうとしていた。先生に病気が見つかり、入院することになったのだ。死ぬような病気ではなかったが、手術をすることになった。慌てて見舞いに行ったとき、先生に言われた。

「そろそろ引退しようと思う」

引き際を考えない人間はいない。ましてや先生には、働かなくても生活できるだけの蓄えがある。連載中の作品も、昔の作品も売れている。孫の代まで暮らすことができるだろう。

「君には、お世話になった。今さら何を言っているんだと思うかもしれないけれど、自分の作品を描いてみてはどうかね」

良彦の今後の生活を心配してくれているのだ。二十年前と違い、今では多くの漫画家がデジタル化していて、アシスタントの需要も変わってきている。良彦はデジタル作業が得意ではなかった。これからおぼえるにしても、雇ってもらえるレベルに辿り着けるかはわからない。

「原稿を見てくれそうな出版社を紹介するよ」

先生があげたのは、良彦のデビュー版元だった。しかも、かつての担当者が編集長になっている週刊誌だった。先生は、彼のことを知っていた。面識があるようだ。

「信用できる男だ。漫画を見る目もある」

太鼓判を押すように言った。かつての担当者を紹介するつもりのようだ。先生は、良彦がデビュー版元と喧嘩《けんか》別れしていることを知らない。たぶん、知らない。話したような気もするが、忘れてしまったのだろう。

稼がなければ、生きていけない。そして、良彦は漫画を描くことくらいしかできない。先生の厚意にすがって、デビュー当時の担当者に連絡をしてもらい、編集部に足を運んで、あのときの失礼を詫びる。それから原稿を描いて見てもらう――。

やるべきことは明確で、迷う必要もない。人気雑誌の編集長を紹介してもらえるのだから、いい話だ。他に選択肢もない。

けれど、良彦は返事ができなかった。お願いします、と先生に言えなかった。

「……考えさせてください」

蚊の鳴くような声で、それだけ言った。謝るのが嫌だったのではない。失礼な真似をしたと思っている。自分が間違っていたと思うし、あのときの言動を後悔もしている。

問題は、彼に原稿を見てもらうことだった。

――既視感ありすぎ。どこかで見たような内容をつなぎ合わせただけ。そのくせ、読んでて疲れる。

――結局、才能ないって話。


もう十年も経つのに、ネットの書き込みを忘れることができなかった。漫画を描こうと思うたび、SNSに投稿された感想が脳裏をよぎった。十年前のネットの感想に縛られていた。そんなはずもないのに、元担当者が書き込んだような気さえするときがあった。

彼に原稿を見せても、これと同じことを言われるのではないだろうか。才能がないと指摘されるのではなかろうか。

失うものなどないくせに、否定されるのが怖くて仕方がない。本当のことを言われたくなかった。

「そうだね。考えてみるといい。君の人生なんだから」と先生は言った。

変化は仕事だけではなかった。先生のお見舞いに行った数日後のことだ。母から電話がかかってきた。

「家を取り壊して、土地を売ることにしたから」

良彦の生まれた家は、千葉県君津市の小糸川沿いにある。三十年以上も前に、父が建てた二階建ての家だ。

東京湾が近く、静かですごしやすい場所だが、台風の被害を受けやすい場所でもあった。実際、令和元年東日本台風の被害を受けて屋根が壊れた。とりあえず修理はしたようだけれど、それをきっかけに母は老人ホームに入った。良彦は一人っ子で、母の他に家族はない。つまり空き家になっていた。

台風が来る前から、雨戸がちゃんと閉まらないなど、いろいろとガタが来ていた。また、耐震工事もしていないので地震にも弱い。いずれ大規模な修繕・改築をするか、取り壊さなければならない状態だった。

「放っておいたら危ないからね。遅いくらいよ」

その通りだ。大きな台風や地震がきたら、今度こそ崩れてしまうだろう。そうなると、我が家だけの問題ではない。近所に迷惑をかける可能性もあった。令和元年の台風のときも、屋根の瓦が飛んで危なかった。

「ずっと考えていたのよ。台風の季節が来る前にどうにかしようって。あなたにも話したわよね」

聞いたような気もするが、おぼえていなかった。自分のことだから、適当に聞いていたのかもしれない。

「来週から取り壊しを始めることになっているから、何か必要なものがあったら取りに行って。あなたの部屋には、ほとんど手を付けてないから」

話はそれだけだった。母からの電話は呆気なく切れた。

父が生きていたころから、もう十年も前から、ろくに実家に帰らなかったくせに、良彦はショックを受けた。

いざとなったら実家に帰ればいい、という算段があったのだ。田舎に帰っても、良彦にできる仕事などないのに。

先生は入院したままで、良彦は時間を持てあましていた。自分の漫画を描くなり、次のアシスタントの口をさがすなりすべきなのはわかっていたが、やる気になれなかった。

「四十すぎて、やる気になれないって」

一人暮らしのアパートで独りごちた。我ながら情けなかった。まるで甘えた中学生みたいだ。

物語を作るのは、気が滅入《めい》りそうになるくらい地味な作業だ。右手に神が宿ったこともなければ、登場人物たちが勝手に動いたこともない。頭をひねって、少しずつ紡《つむ》いでいく。作っては壊しの連続だ。

もう何年も——十年以上も、その作業をしていなかった。プロットだけでも考えておこうとしても、何も浮かばない。時間だけがすぎていく。年齢ばかりが積み重なっていく。

「里帰りしてみるか」

現実から目を逸《そ》らすように呟いた。取りに行く必要のあるものなど実家に置いていなかったが、取り壊される前に見ておきたかった。未来を見るより、過去を見ているほうが楽だった。

その前に、先生のお見舞いに行った。そして、実家に帰ってきます、と伝えた。

電話でもラインでもなく、病室まで足を運んだのは、先生が引退を撤回するのを期待していたからなのかもしれない。あるいは、編集長に紹介してくれるという話の続きを聞きたかったのか。

だが、先生はどちらの話もしなかった。ベッドに横たわったまま、興味を惹かれた顔で言った。

「杉本先生が作品を生み出した家だね」

良彦のことを先生と呼んだのではない。死んでしまった父のことだ。小説家だったのだ。

先生は、父の本を何冊も読んでいた。かなりの愛読者だったらしい。アシスタントとして採用されたときに、その話を聞いていた。

「記念館とかにしないのかね」

「まさか」

冗談を言ったのかと思ったが、先生は真面目な顔をしていた。その表情のまま、失笑しかけた良彦をたしなめるように続けた。

「伊藤左千夫《いとうさちお》の生家だって保存されてるよ」

明治期を代表する歌人・小説家の名前をあげた。正岡子規《まさおかしき》の門下生であり、弟子には土屋文明《つちやぶんめい》や斎藤茂吉《さいとうもきち》などがいる。『野菊の墓』は何度もドラマ化・映像化されていて、いまだに根強い人気があった。

伊藤左千夫は、上総国武射郡殿台村《かずさのくにむさぐんとのだいむら》（現在の千葉県山武市《さんむし》殿台）の出身だ。生家だけでなく、山武市には伊藤左千夫記念公園が作られている。

同じ千葉県出身ということで名前をあげたのだろうが、教科書に載るような文人を引き合いに出されても困ってしまう。しかも、先生は本気で言っている。

「父は、伊藤左千夫じゃありませんから」

控え目に指摘した。ただの売れない小説家だ。生前に出していた本は、すべて絶版になっている。電子書籍で読むことができるものもあるようだけれど、母に売上げを聞いたことはなかった。たいして売れてないだろう。

「でも、将来的に評価される作家だと思うけどなあ」

先生が首を傾げながら言った。本当に父の書いた小説が好きみたいだ。死んだ後も、作品を読んでくれる人がいるのだ。

○

「おれが死んでも、とりあえず寝る場所はあるわけだ」

家を立て替えたときに、父が言った言葉だ。三十年も昔のことなのに、良彦はおぼえている。誇らしげに言ったわけではなく、ほっとしたような口調だった。

杉本家の歴史は古い。先祖代々、千葉県君津市の同じ場所に家を構えている。江戸時代の慶応《けいおう》年間に死んだ祖先の位牌が仏壇に並んでいるくらいだ。

だからと言って、裕福な家ではなかった。大昔のことは知らないが、良彦が物心ついたときには、隙間風《すきまかぜ》が吹くようなボロ屋で暮らしていた。昭和の初めのころに、高祖父だか曽祖父だかが建てた家らしい。

年季の入った木造の平屋で、台所が土間だった記憶がある。良彦が生まれる前に祖父母は他界していて、クーラーも自家用車もなかった。うちは貧乏なんだと、子どもも心に思っていた。口に出して言ったこともある。父は気分を害した様子もなく、飄々《ひょうひょう》と返事をした。

「まあ、売れない小説家だからなあ」

赤川《あかがわ》次郎《じろう》や村上《むらかみ》春樹《はるき》のように平積みで売られることはなかったし、文学賞とも無縁だった。映像化されたこともない。

当時はそんな父を情けないと思っていたが、大人になってみると——漫画家になって出版の世界に身を置いてみると、そのすごさがわかる。

ベストセラー作家ではなかったのかもしれないが、十分な売上げがあったのだ。そうでなければ本を出し続けられないだろうし、家族三人の暮らしを支えることもできない。ましてや家を建て替えることなど不可能だ。

「死ぬまで小説を書いていたわ」

父の葬式のとき、母が言っていた。最期まで創作意欲はなくならなかった。小説を書くことが好きだったのだ。

それに比べて自分は情けない。家族を持つこともできないまま、四十歳になってしまった。一時的に売れたときのことが忘れられず漫画にしがみついているくせに、新作を描こうとはしない。十年前のネットの書き込みを、いまだに気にしている。

「結局、才能がないって話だ」

笑い飛ばそうと呟いてみても、笑えなかった。どうしても胸の奥が痛くなる。父のように飄々とはできない。

○

昼すぎに君津駅に着いた。バスにもタクシーにも乗らず、実家まで歩いて帰ることにした。徒歩三十分の道のりだ。この道を歩くのは久しぶりだった。

「変わってないな……」

数年前にも通ったはずなのに、思い浮かぶのは、中学生のときに見た景色だ。通学路だった。良彦は丘の上にある周西《すさい》中学校に通っていて、自転車でこの道を走り抜けていた。そばには人見山がある。

あれから四半世紀もの月日が流れたが、木々の生い茂る風景は変わらない。新しい店や家もできたのだろうけれど、町のにおいは同じだった。

やがて実家に着いた。両親のいなくなった家は、がらんどうのようだった。母が片付けたのだろう。一階には、何も置いていなかった。

「当たり前か」

誰も住んでいない上に、来週には取り壊されてしまうのだ。物であふれているほうがおかしい。

だが、母が電話で言っていたように、良彦の部屋は変わっていなかった。それなりに掃除はしてあったが、学習机があって本棚があった。布団こそなくなっているものの、ベッドの木枠はそのまま置かれている。

「必要なもの、か」

自分の部屋を改めて見る。壁紙は日に焼け、子どものころより部屋が狭くなったように感じた。本棚には、高校生のときに使っていた教科書や参考書、大好きだった漫画が並んでいる。赤川次郎の『三毛猫ホームズ』シリーズや村上春樹の『ノルウェイの森』『ダンス・ダンス・ダンス』、よしもとばななの『キッチン』といったベストセラー小説もあった。ハヤカワ文庫のアガサ・クリスティーもそろっている。昔は今より本を読んでいた。文庫だけでなく、値段の高い単行本も買っていた。それが、いつの間にか手に取ることすらしなくなった。もう何年も書店に足を運んでいない。

「本が売れなくなるわけだ」

ため息をつきながら本棚を眺めているうちに、父の本が何冊か交じっていることに気づいた。買ったのではなく、出版社から父宛てに送られてきた見本をもらったものだった。

「場違いだよな」

苦笑いが浮かんだ。時代を彩《いろど》るベストセラーたちに挟まれて、父の本は肩身が狭そうだった。

そのうちの一冊を助け出すように手に取り、表紙のタイトルをちゃんと見た。『うみねこ食堂のおひるごはん』と書かれている。記憶違いでなければ、中学生のときに読んだ本だ。

「これも地味な話だったよな」

リストラに遭ってサラリーマンを辞めた冴えない中年男が、小糸川を思わせる川沿いで食堂を始める話だ。誰も死なず、激しい恋愛もない。出てくるのは善人ばかりで、ありがちな日常が延々と続くような退屈な小説だった記憶がある。

「最後まで読んだっけ?」

それさえもおぼえていなかった。きっと、いい加減に読んだのだろう。手に取ったついでに、『うみねこ食堂のおひるごはん』のページをパラパラとめくった。軽く拾い読みするつもりだったのに、気づいたときには最初から読んでいた。

薄めの文庫本だったこともあって、二時間程度で読み終えた。

「やっぱり退屈だったな」

その感想は変わらなかった。けれど悪くない。優しくて心地のいい退屈さだった。穏やかな世界に浸ることができた。今を必死に生きるひとびとの営みがあった。父の書いた小説の世界で暮らしたい、と思わせる何かがあった。

また、身に染みてわかったこともある。

――自分の漫画とは違う。

ジャンルの話ではない。物語の力が違う。父の小説は、読んでいて疲れない。キャラクターは類型的だし、話の筋もマンネリだったが、とにかく読後感がよかった。次の一冊を読みたいと思わせるものだった。

「才能、あったんだな……」

そう呟くと、涙がこぼれそうになった。自分の才能のなさを突きつけられた気がした。

世の中には、前向きな言葉があふれている。「何歳になっても夢は叶う」「諦める必要はない」と訳知り顔で言う人間も多い。何も知らないくせに、無責任に背中を押そうとする。

しかし、時間は有限だ。何をするにしても――何もしなくてもタイムリミットは存在する。

ましてや漫画家で成功するのは、一握りの才能ある人間だけだ。二十年もやっていれば、自分に才能がないことくらいはわかる。もしかすると、ずっと前からわかっていたのかもしれない。

本当に才能のある人間――例えば、先生と比べれば一目瞭然だ。線の一本一本が違う。話の勢いが違う。キャラ造形の深みが違う。

父が死に、母は老人ホームに入り、先生は漫画家を引退する。頼れる人間はいなくなった。

その上、実家が取り壊され、帰る場所さえなくなってしまう。『うみねこ食堂のおひるごはん』に出てきたような居心地のいい場所は、この世のどこにもなかった。

「もう終わっちゃったのかなぁ」

北野武監督の名作映画『キッズ・リターン』に出てくる台詞を呟いてみたが、返事をしてくれる者はいない。静まり返った沈黙があるだけだった。まだ始まっちゃいねぇよ、とは誰も言ってくれない。

良彦は肩を竦め、父の本をもとに戻そうと本棚に歩み寄ろうとした。そのときのことだった。床に落ちている紙切れが、良彦の目に入った。

メモ帳の一ページのようにも見えるハガキの半分くらいの大きさの紙切れで、セピア色に変わっている。

来たときにはなかったから、この本の間に挟まっていたのだろうが、床に落ちたことに気がつかなかった。

「おれのメモじゃないよなあ……」

首を傾げて拾い、メモに目を落とすと、父の字があった。特徴のある几帳面《きちょうめん》な筆跡で、こう書いてある。

困ったことや辛いことがあったら、
ちびねこ亭に行くといい。

良彦に宛てた手紙のようにも思えるが、父は芝居がかった真似をする人間ではなかった。回りくどい上に、良彦が気づかない可能性だってあった。おそらく小説を書くためのメモだろう。

栞《しおり》代わりにして、そのまま忘れてしまったのかもしれない。職業柄なのか、父はメモ魔だった。そこら中にメモを残している。

だが、ひっかかる言葉があった。

——ちびねこ亭。

その名前を知っていた。記憶の底に沈んでいたが、メモを見て思い出した。ずいぶん前のことになるが、家族で三舟山《みふねやま》に行った。君津市と富津市にまたがっている房総丘陵の山の一つだ。観光地になっていて、ハイキングコースとしても人気がある。

何のために行ったのかはおぼえていない。夕方すぎに到着した記憶があるので、ハイキングではなかっただろう。あるいは、蛍を見に行ったのかもしれない。三舟山の麓では、ゲンジボタルやヘイケボタルを見ることができたはずだ。

ただ、古い記憶は切れ切れで曖昧《あいまい》なものが多い。何の脈絡もなく、一つのシーンが思い浮かんだりする。この場合もそうだ。母も一緒だったはずなのに、なぜか父と二人で駐車場にいた。

周囲は薄暗く、蛍がおぼろげな光を放ちながら飛んでいた。良彦がその淡い光を見ていると、父がふいに呟いた。こんな台詞を口にした。

ちびねこ亭に行くと、死んだ人間に会える。

そのあとの記憶も抜け落ちている。今となっては、本当にあったことなのかどうか確信が持てないほどだ。思い出すたびに、良彦は年齢が違っていた。小学生だったり高校生だったり、ときには大人だったりする。

夢を見たのかもしれない。けれど、「ちびねこ亭」という言葉が頭の中にあったのは事実だ。そして、手元には父の書いたメモがある。ミステリー小説の始まりみたいな記憶と出来事だ。

「どういうことだ？　これは何なんだ？」

呟いてみても答えは見つからない。メモを見るまで忘れていたくせに、ちびねこ亭が何なのか気になった。無視することはできなかった。

良彦はスマホを手に取り、もうすぐ取り壊される家で——思い出の詰まった古い家で、父の残したメモの言葉を検索した。

そして、答えは見つかった。

その日はいったん東京に戻り、三日後、良彦はふたたび君津市にやって来た。午前九時ごろに君津駅に着いた。また歩くつもりで、早めの電車に乗ってきたのだった。

駅舎を出ると、抜けるような青空が広がっていた。最近は、春でも暑いことが多いが、今日はそれほどでもない。爽やかな風が吹いていて、汗をかくほどの陽気ではなかった。散歩日和《びより》というのだろうか。歩くのにちょうどいい。三日前とは違う道を歩いていくことに決めた。

それにしても、駅前はずいぶん変わった。イトーヨーカドーは閉店してしまい、忠実屋──のちにダイエーとなったが、それもなくなってしまった。新しい店もできているようだけれど、空き店舗が目についた。活気のない印象を受けた。

君津市にかぎったことではないけれど、子どもの数が減ってきて、だんだん寂れているのかもしれない。幼いころに夢想した二十一世紀は、どこにもなかった。

二十分も歩くと、実家に続く小糸川沿いの道に出た。ここも閑散としていた。老夫婦らしき男女が散歩しているだけで、他に人通りはなく、自動車やバイクも走っていない。川沿いに何軒かの民家はあるが、どこも空き家のように静まり返っている。実際、空き家も多いようだ。また、庭の手入れをしていない家も目についた。荒れ果てた雰囲気が漂い、雑草や木々が無秩序に生《お》い茂っている。『ドラえもん』や『バック・トゥ・ザ・フューチャー』で見た未来とは、ほど遠い風景が広がっている。

「未来か……」

ため息混じりに呟いたときだ。ピアノの音が聞こえてきた。良彦でも知っている有名な曲が流れてきた。

練習曲作品10第3番ホ長調。

通称、『別れの曲』。

世界でいちばん美しい、とも言われているショパンの名曲だ。先生はクラシック音楽が好きで、この曲を仕事場でよく流していた。

「どこかでピアノを弾いているのかなぁ」

良彦にはわからない。生演奏のようにも聞こえるが、YouTubeなどの動画ということもあり得る。風が吹いているせいか、どこから聞こえてくるかもわからない。ピアノが上手な小学校の先生が近所に住んでいたことを思い出したけれど、すでに他界している。

歩いていくうちにピアノの音は聞こえなくなり、ふたたび小糸川のせせらぎだけが耳につくようになった。

やがて、空き家になった実家の前に差しかかった。住人のいなくなった家はひっそりとしていて、取り壊されるのを待っているように見える。その様子はひどく寂しげで、思わず足を向けそうになったが、今は時間がない。実家に帰ってきたのではなかった。午前十時までに行かなければならない場所があった。

三日前、父のメモを見つけたあと、スマホで検索した。すると、ちびねこ亭のひとが書いているらしきブログが出てきた。そこには、とんでもないことが書いてあった。

奇跡が起こりました。

信じられないことが起こったのです。

自作の小説を発表しているのかと思ったが、読み進めていくうちに日記だとわかった。海難事故で夫を亡くした女性の日記だった。ブログ主は、生活のために――我が子を養うために食堂を始める。それが、ちびねこ亭だ。

思い出ごはんは、ちびねこ亭の人気メニューだった。死者を弔うための食事――陰膳のようなものだろうか。

故人との思い出の詰まった料理を食べると、大切なひととの思い出がよみがえり、ときには、すでに他界している人間と会うことができるというのだ。

――死者と会える店。

つまり、そう書いてあった。

「あり得ないだろ」

その記事を読んだとき、良彦は眉を顰《ひそ》めた。うさんくさすぎる。死者と会えるなんて、それこそ漫画や小説の世界だ。

ただ、すでに他界している人間や動物が現れる現象がないわけではない。死者が生者を迎えにくる「お迎え」と呼ばれるものがある。少し前までは死ぬ間際に起こるとされていたが、現在では幻覚・せん妄で説明される。つまり、意識障害が起こった状態だ。

そこまでわかっていながら、ちびねこ亭に電話をかけて、思い出ごはんの予約を取った。そして、死んだ父に会おうとしている。

「おれ、何やってんだろうな……」

頭では、あり得ないことだと思っているのに、心が納得してくれなかった。理屈と感情がバラバラになると、どうしても感情に従ってしまう。父に会いたかった。どうしようもない自分を助けてほしかった。

このどうしようもなくバカげた話を――死者と会えるなんて話を、地獄に垂らされた蜘蛛の糸のように思ったのかもしれない。良彦にとって現実は、寿命が尽きるまで続く地獄そのものだった。

小糸川が終わり、東京湾の砂浜に出た。ちびねこ亭は、この先にあるらしい。砂浜を歩かなければならない道のりだ。

ふるさとの海に来るのは、久しぶりだった。中学生のときに友人と釣りに来て以来だから、四半世紀以上もの時が流れたことになる。つい昨日のことのように思えるのに、遠い過去の出来事なのだ。

時間が経つのは、悪い冗談のように速い。何もしていないうちに四十歳になってしまった。子どものころに想像した大人の自分は、どこにもいない。しょぼくれた中年男性がいるだけだ。

良彦は海辺を歩いた。ここにも、ひとはいない。海鳥たちが砂浜を我が物顔で歩いているだけだった。

そのまま進んでいくと、真っ白な貝殻を敷き詰めた小道に辿り着いた。二階建ての木造建築が見えた。壁は青く、お洒落な海の家のようにも見える建物だった。看板代わりと思われる黒板が、入り口の前に出ていた。どうやら、ちびねこ亭に着いたようだ。予約した時間に間に合ったようだ。けれど良彦の足は止まっていた。

「ヤバい連中とかいないよな」

今さら不安になっていた。死者に会えるより、騙されるほうが現実味がある。犯罪に巻き込まれる漫画ばかり描いていたせいかもしれないが、暴力団や半グレが現れそうな気がしてきた。

人間の身体は金になる。臓器売買という言葉が思い浮かんだ。ひとをさらい、内臓を抜いて売りさばく悪人の漫画を描いたことがあった。

考えれば考えるほど、嫌な予感が大きくなっていく。そもそも、飲食店が人里離れた場所にあるのもおかしい。

「……今日のところはやめておくか」

踵《きびす》を返して帰ろうとしたときだ。突然、鋭い鳴き声が聞こえた。

「みゃ！」

しかも、良彦を呼び止めるような鳴き方だった。驚いて振り返ると、茶ぶち柄の子猫が黒板の前に立っていた。さっきまでいなかったはずだ。回れ右をする前は、猫なんていなかった。

「どこから出てきたんだよ」

「みゃん」

返事をするように鳴き、とことこと歩き出した。どこに行くつもりなのかと見ていると、良彦の足もとを通りすぎたところで立ち止まった。帰り道を塞ぐように座ったのだった。

「みゃあ」

そして、良彦の顔を見た。なんだか睨《にら》まれている気がする。もっと言えば、子猫に絡まれている気がする。暴力団や半グレに絡まれるのとは別の意味で、面倒なことになった。

「おれにどうしろって言うんだよ」

ため息混じりに言いながら、視線を店のほうに向けると、黒板の絵が目に飛び込んできた。子猫の絵がチョークで描いてあった。目の前の茶ぶち柄の子猫によく似ていた。

「おまえ、ここの猫？」

「みゃん」

静かに頷かれた。良彦の言葉がわかっているみたいだ。しかし、良彦はこの子猫が何を言っているのかわからない。一方的に責められている気がする。

「不公平だろ」

「みゃ」

「何を言っているかわからないんだけど」

「みゃあ」

「だから――」

「みゃ！」

名前も知らない子猫と話し込んでいると、急にドアが開いた。

カラン、コロン。

ドアベルが鳴り、食堂から二十歳すぎくらいの眼鏡をかけた青年が出てきた。身構える暇もなく、丁寧な言葉遣いで話しかけてきた。

「おはようございます。ちびねこ亭の福地櫂です。杉本良彦さまでいらっしゃいますか？」

聞きおぼえがあった。たぶん、予約の電話をしたときに対応してくれた男性だ。良彦は返事をしようとしたが、茶ぶち柄の子猫に先を越された。

「みゃん」

また、頷いたように首を動かしている。

「あなたには聞いていません」

青年——福地櫂が、ぴしゃりと言った。やっぱり、この店の子猫のようだ。青年の声には、身内に対する親しみがこもっていた。やんちゃな子どもを持てあましている親のような雰囲気もあった。

「予約の電話を差し上げた杉本良彦です。今日はよろしくお願いいたします」

改めて挨拶をした。子猫と福地櫂を見て、とりあえず暴力団や半グレではなさそうだと安心していた。

このときも返事をしたのは、茶ぶち柄の子猫だった。

「みゃあ」

何か言うたびに会話に入ってくる。うるさいと言えばうるさいが、愉快な気持ちのほうが大きい。子猫に接客されている気になってきた。お世話になっていた漫画家の大御所先生が飼っていた、りんというハチワレ猫にも雰囲気が似ている。猫白血病キャリアだったこともあり、二歳になる前に死んでしまったが、良彦にもよく懐いていた。

「お店の猫ですか？」

「申し訳ありません」

青年が恐縮したように頭を下げ、それから、茶ぶち柄の子猫を良彦に紹介してくれた。

「当店の看板猫のちびです」

「みゃ」

返事をしたが、良彦のほうは見ていなかった。しっぽを立てて歩き出し、ちびねこ亭に入っていった。愛想がいいのか悪いのかわからない子猫だ。

「本当にあなたは……」

福地櫂が注意しかけたが、この子猫に言っても仕方がないと思い直したらしく、仕切り直すように良彦に言った。

「ちびねこ亭へ、ようこそ。どうぞ、お入りください」

　思っていた以上に、ちびねこ亭は小さな店だった。テーブルも椅子も木製で、優しい雰囲気に満ちていた。山小屋のようでもあり、ペンションのようでもある。初めて来たのに、なぜか懐かしく思えた。先に食堂に入ったちびは、壁際に置いてある安楽椅子の上で丸くなっている。

　良彦の他に客の姿はなく、貸し切りのようだった。福地櫂が、漫画に出てくるイケメン執事のような物腰で案内してくれた。

「こちらの席でよろしいでしょうか？」

　その席は窓際で、海と空、砂浜、それから貝殻の小道が見える。砂浜にも小道にも、もう、良彦の足跡は残っていなかった。

　上空では、何羽もの海鳥が弧を描いている。青空に絵を描くような飛び方だ。ミャオミャオと鳴き声が聞こえるから、あれはウミネコだろう。

　穏やかでのんびりした風景だった。父の小説――『うみねこ食堂のおひるごはん』を思い出した。海沿いと川沿いの違いはあるが、どことなく似ている。ちびねこ亭をモデルにしたのかもしれない。

しかし、父が生きていたのは十年も前のことだ。この食堂があったとしても、店主は福地櫂ではなかったはずだ。

「昔、父がこのお店に来たみたいなんです」

返事を期待したわけではなく、ふと言葉が口を突いた。正確な年齢はわからないけれど、そのころ福地櫂は小学生か中学生だっただろう。知っているわけがない。そう思ったのだが、意外な言葉が返ってきた。

「ええ。小説家の杉本先生には、何度かお越しいただきました」

これには驚いた。予約を取ったときに父の名前は言ったが、職業までは伝えなかった。

「父と会ったことがあるんですか？」

「母がやっていたころですので、直接お目にかかったことはありませんが、お客さまノートにお名前がありました」

納得できる説明だった。良彦の読んだブログを書いていたのは、福地櫂の母親だったのだろうか。最後まで目を通したのだが、しばらく更新されていなかった。そのことも気になっていた。

「ええと、お母さまは――」

聞きかけて、すぐに後悔した。

「母は、去年他界しました。申し訳ありません」

「そんな。申し訳ないだなんて……。おれのほうこそ、すみません」

重い病気にかかったとブログに書いてあったのに、軽はずみなことを言ってしまった。いくつになっても親を失うことは辛いことだ。

「本当にすみません」

繰り返し謝ると、福地櫂は穏やかに首を横に振り、母親の話から離れた。

「とんでもございません。ご予約いただいた食事をすぐに用意いたしますので、少々、お待ちください」

ふたたび丁寧に頭を下げ、キッチンらしきほうへと歩いていった。思い出ごはんを持ってきてくれるようだ。

ちびねこ亭には、テレビもラジオもなかった。音楽もかかっていない。ちびも寝てしまったらしく、壁際の安楽椅子の上で丸くなっている。

ウミネコの鳴き声や波の音が耳に心地よく、ぼんやりと窓の外を眺めていた。そうやって、いつまでも窓の外を眺めていたかった。

けれど何分もしないうちに、心に暗い影が忍び寄ってきた。現実という名の錘《おもり》が、のんびりした気持ちを押し潰す。これからの人生を考えてしまう。

今の良彦は、漫画家ではない。正確に言えば、十年前から漫画家ではなかった。そのころから、ずっと自分の作品を描いていないのだから。先生が引退してしまえば、アシスタントでさえなくなる。もうすぐ無職だ。いくばくかの貯金はあるが、何年も暮らせるほどではない。

お先真っ暗だった。人生に何の希望も見出せない。生きている価値があるのだろうかと思う夜もある。

くつろいだ気持ちが消え、ため息をついた。声をかけられたのは、そのときのことだ。

「お待たせいたしました」

いつ戻ってきたのか、福地櫂がテーブルのそばに立っていた。少し前にキッチンから帰ってきたようだ。

酸味と甘みが混じり合ったような香りと、ごま油で卵を焼いたにおいがする。注文した料理が——二人分の思い出ごはんがテーブルに並んでいた。

「あの日のオムライスです」

福地櫂が言った。彼が付けた名前でもなければ、一般的な名前でもない。父がそう呼んでいたのだ。『うみねこ食堂のおひるごはん』にも、その名前で登場していた。気に入っていたのだろう。

オムライスの専門店もあるが、家庭料理のイメージも強く、味付けや具材など一様ではない。デミグラスソースやフォンドボーを使って本格的に仕上げることもあるようだが、杉本家のオムライスはケチャップだけで味付けされていた。そして、バターを使わず、ごはんを炒めるのも薄焼き卵を作るのもごま油だった。

そんなふうに味付けも見かけも大雑把《おおざっぱ》だった。母ではなく父が作っていたせいもあるだろう。昭和の男性らしく滅多《めった》に台所に立たなかった父が、オムライスだけは作った。

母が良彦を産むために入院したときに、自炊しなければならなくなって、オムライスを作ったのが始まりだったようだ。

――我が家のルーツだな。

そんな言葉を聞いた記憶もある。父親になった日を思い出しながら、オムライスを作っていたのかもしれない。

「ごゆっくりお召し上がりください」

福地櫂がお辞儀をして、ふたたびキッチンに戻っていった。まだ、父が現れる気配はない。

良彦は一人になった。看板猫のちびは、安楽椅子で眠ったまま目を覚まさない。夢でも見ているのか、ときどき、ムニャムニャと寝言らしき声を漏らしている。

テーブルには、二人分のオムライスがある。一つは父の分だろう。正面に置かれていて、透明人間と向かい合わせに座っているような錯覚に陥《おちい》りそうになった。この席に、父の幽霊がやって来るのだろうか？

考えてもわかるはずのないことだった。とにかくオムライスを食べてみることにした。

「いただきます」

添えられていたスプーンを手に持った。大きめのカレースプーンだった。こんなところまで実家と同じだ。

オムライスにスプーンを入れると薄焼き卵が割れて、ケチャップごはんが現れた。ミックスベジタブルが入っている。

「そっくりだな」

適当な感じが、父の料理によく似ている。薄焼き卵とケチャップごはんをスプーンで掬って、口に運んだ。

最初に感じたのは、ケチャップの酸味のある甘いにおいだ。ごま油の香りと混じり合い、食欲を刺激する。

オムライスを食べるのは久しぶりだった。良彦は味わいながら咀嚼《そしゃく》した。薄焼き卵は甘く、ミックスベジタブルも甘い。ケチャップも当たり前のように甘かった。

どこにでもありそうな子ども向けの味だけれど、一つだけ変わった食材が使われている。魚肉ソーセージだ。

その名の通り、魚を使ったソーセージのことで、ＤＨＡやＥＰＡ、タンパク質、カルシウムなどの栄養素が含まれている。塩分や添加物に気をつけて商品を選べば、健康にいい食べ物だ。子どものおやつに推奨されることもあるが、現代の子どもは食べないような気もする。良彦の時代でさえ、おやつに魚肉ソーセージを食べている子どもは珍しかった。

父が魚肉ソーセージを好きだった記憶はない。それなのに、オムライスには必ず入っていた。

「こだわりだったのかな」

口に出して言ってみると、何だかおかしくなった。大雑把で不器用なくせに、妙なところに凝る癖があった。それから、感傷的なところがあった。良彦が生まれるときに作ったというオムライスにも入っていたのだろう。魚肉ソーセージを刻む父の姿が思い浮かんだ。

懐かしくて切なくて、笑いながら泣きそうになった。あの日は——両親と一緒に暮らした日々は、二度と戻ってこない。そう思うと、鼻の奥がツンと痛くなった。

涙があふれそうになって、慌てて顔を袖に押し付けた。こんなところで泣くわけにはいかない。魚肉ソーセージの入ったオムライスを食べて泣きそうになるとは思わなかった。

〝バカみたいだな〟

呟いた声は、なぜか、くぐもっていた。

○

四十年も生きていると、想像もしていなかった事態に出くわすことがある。大地震や津波もそうだし、感染症の世界的な流行もそうだ。

だが、今ほど驚かなかった。このとき、良彦はとんでもない事態の渦中にいた。それも独りぼっちで。

〝……嘘だろ？〟

ちびねこ亭でオムライスを食べていたはずなのに、畳敷きの部屋にいた。知っている部屋だった。記憶の中にある実家の茶の間だ。三日前に見たときには、すでに畳が運び出されていて空き家同然になっていた。それがもとに戻っていた。人が住んでいる気配がある。

良彦は座布団に座っていて、目の前には、二人分のオムライスが並んだ卓袱台《ちゃぶだい》があった。自分の他には、誰もいない。

──いや、いた。

〝なー〟

背中のほうから、猫の鳴き声が聞こえた。ちびではないような気がする。声の質が違う。そのくせ良彦の耳に馴染《なじ》んでいる鳴き声だった。

振り返ると、ハチワレの子猫がいた。部屋の隅で座布団を踏んでいる。「ミルクトレッド」や「ニーディング」と呼ばれる行動で、母猫の乳を吸っていた幼いころを反芻《はんすう》しているのだと言われている。

ハチワレ柄とその仕草を見て、思い出す猫がいた。

〝……りん？〟

まさかと思いながら聞いた。猫白血病で死んでしまった先生の飼い猫にそっくりだったのだ。

ハチワレ猫が良彦に顔を向けて、返事をするように鳴いた。

〝なー〟

くぐもってはいるけれど、やっぱり、りんの声だ。先生と一緒に世話をしていたのでおぼえている。餌をやったり、病院に連れていったりした。死んでしまったときには、先生と二人で泣いた。

そのりんが目の前にいる。生きていたころの記憶そのままに座布団を踏んでいる。

〝……嘘だろ？〟

同じ言葉を繰り返したときだった。突然、話しかけられた。

〝何をぼんやりとしているんだ？　食べないのか？〟

知っている声だった。良彦は慌てて正面を見た。また、あり得ないことが起こっていた。父が座っていたのだ。

十年前に死んだはずの父が現れたのだった。父子二人で卓袱台を囲んでいた。

良彦が三十歳のときに、父は死んでいる。当時にしても早死にの部類で、還暦をすぎたばかりだった。

ただ、六十歳の父は髪は真っ白で老眼鏡をかけていた。かなり痩《や》せていたこともあってなのか、実年齢より老《ふ》けて見えた記憶がある。

しかし、目の前に座っている父は若かった。四十代前半だろうか。今の良彦と変わらない年齢に見える。良彦が中学生だったころの父だ。見おぼえのある色褪《いろあ》せた紺色の浴衣《ゆかた》――母が縫《ぬ》ったものを着ている。自宅にいるときは、たいてい母のお手製の浴衣を着ていた。

〝本物の……親父……だよな〟

おそるおそる聞くと、父らしき男が不思議な質問をされたと言わんばかりの顔で聞き返してきた。

〝偽物がいるのか？〟

くぐもってはいるが、間違いなく父の声だった。とぼけた口調にもおぼえがある。間違いない。良彦が子どもだったころの姿で現れたのだ。

〝いや、ちょっと聞いてみただけだから〟

〝そうか〟

あっさりと納得した。父は、しつこく質問する親ではなかった。母もそうだけれど、放任に近かった気がする。

〝食べないのか？〟

自分と変わらぬ年格好の父に聞かれた。卓袱台のオムライスのことだ。良彦のオムライスは、一口分だけ減っている。ちびねこ亭で食べた分だろう。だが、もう一つのオムライスは手を付けられていなかった。

〝親父こそ〟

〝食べてるさ〟

軽い口調で返事をし、それから、とんでもないことを言い出した。

〝おまえにはわからんかもしれんが、さっきから湯気を食べているんだ。死んでしまうと、この世のものを食べられなくなるからな〟

自分が死者だという自覚があるのだ。ますます夢とは思えなくなってくる。もちろん、現実とも思えない。

〝冷めてしまうと湯気が出なくなるだろ？　だから、そこで食事の時間は終わりなんだ。あっちに帰らなければならん〟

〝帰るって、いなくなっちゃうってこと？〟

確認するように聞くと、浴衣姿の父が頷いた。

〝そういうことだ。おまえと話ができるのも、あと少しだけだな〟

〝そ……そんな……〟

良彦は狼狽《ろうばい》する。

——大切なひとと会えるのは、思い出ごはんが冷めるまで。

そんな文章が脳裏に浮かんだ。どこで読んだのかおぼえていなかったが、ちびねこ亭のブログに書いてあったのかもしれない。

すでにオムライスの湯気は消えかかっている。再会したばかりなのに、終わりの時間が近づいていた。

〝仕方なかろう。こうして会っていること自体、普通ならあり得んのだからな〟

諭すような口調で父が言った。もともとの性格もあるだろうけれど、生前よりもいっそう枯れた印象を受ける。死者だからだろうか。すべての出来事を受け流しているようにも見える。

こうしている間にも、思い出ごはんは冷めていく。オムライスの湯気が、さらに薄くなった。今すぐにでも消えてしまいそうだ。それからこのとき、もう一つ浮かんだ文章があった。

――死者と会えるのは一度だけ。

ふたたび後日、ちびねこ亭を訪れて思い出ごはんを注文しても、父と会うことはできない。一秒一秒がかけがえのない時間だ。生きているすべての時間がそうであるように、二度と訪れることはない。

けれど、過ぎ去った時間に思いを馳《は》せている暇はなかった。父に話したいことがあった。

〝どうしていいのかわからないんだ〟

これまで父に仕事の相談をしたことがなかった。物語を作るという意味では似た職業に就いたのに、何も話さずに永遠の別れを迎えた。気恥ずかしさもあったが、父の書いた小説をバカにしていたのだ。参考になどならないと思っていた。

今では後悔している。見る目がなかった。読解力もなかった。派手な展開や個性的な登場人物を出すことだけが面白さだと思っていた。大人になってから小説を読まなくなったせいもあるだろうが、四十歳になるまで——取り壊しの決まった実家で本を手に取るまで、父の小説のよさがわからなかった。

唐突に切り出したのに、父は驚きも戸惑いもしなかった。天気の話をするような気軽さで聞き返してきた。

〝どうしていいのかわからないって、何がわからないんだ?〟

〝どうすれば生きていけるのかわからないんだよ〟

〝漫画家なんだから、漫画を描いて生きていけばいいだろ〟

〝その漫画の描き方がわからないんだ。面白い漫画を描く自信も生きていく自信もないいんだよ〟

正直に打ち明けた。才能がない、というインターネットの書き込みを見て、心が折れたことも話した。それ以来、まともに漫画を描いていない。

〝誰が書いたかわからない感想を気にする必要はなかろう〟

父の返事は凡庸《ぼんよう》なものだった。この世の誰に聞いても、同じようなことを言うだろう。けれど。

〝それだけじゃないんだ〟

良彦はうつむき、言葉を喉から押し出すように言った。今まで誰にも言っていなかったことがあった。

〝おれ、アシスタントをしているんだ〟

〝知っているぞ。大御所の先生に可愛がってもらってるんだろ。ありがたいことじゃないか〟

先生がいなかったら生きてこられなかった。文字通りの命の恩人だ。だが、漫画を描けなくなった原因の一つでもあった。

〝先生の原稿を見るたびに、みじめな気持ちになるんだよ。おまえなんかとは格が違う。おまえの描く漫画と比べてみろ。これが才能の差だ。そう言われている気がして仕方がな

いんだ〞

プロットの作り方から線の引き方まで違う。キャラの立ち方が違う。先生は野球漫画を描くことが多いが、他のジャンルでも――例えば、ミステリー漫画を描いても超一流だ。ページをめくる手が止まらなくなる。良彦では百年経っても、あのレベルには届かないだろう。

鉋《かんな》をかけるように自信が削られていく。自分の原稿がつまらなく思えてくる。アイデイアが浮かんでも、先生のプロットと比べてしまう。先生の技を盗もうと思ったこともあるけれど、凡人に天才の真似はできない。才能が違いすぎた。ただ打ちのめされて終わった。

みじめで情けなくて涙が出てきた。顔を上げて話すことさえできない。

〝駄目なんだ……。おれには才能がないんだ……〞

唇を噛み締めるようにして言った。駄目なんかじゃない。才能だってあるさ。そんなふうに慰めてほしかった。この瞬間だけでも、両親に守られて暮らしていた子ども時代に戻りたかった。

父の口から飛び出したのは、慰めは慰めでも良彦の想像していた言葉ではなかった。

〝駄目なのも才能がないのも悪いことじゃない〞

意味がわからなかった。聞き返すつもりで、涙を拭いもせず顔を上げた。父の姿は涙のせいで滲み、そして消えかかっていた。

良彦は、はっとした。急いで卓袱台を見ると、オムライスの湯気が見えなくなっていた。思い出ごはんが冷めようとしている。奇跡の時間が終わりかけていた。

この世界から消えかかっているのに、父は慌てなかった。むしろ、ゆったりとした口調で話し続ける。良彦に語りかけてくる。

〝自信がないのも悪いことじゃない。だって、駄目なキャラクターや自信のないキャラクターを漫画に描けるだろ。迷っているのなら、その迷いを描けばいい。泣きたいなら、その泣きたい気持ちを描けばいい〟

〝それはそうかもしれないけど……〟

良彦は返事をしながら、父の小説を思い出す。自分の価値に気づけない者や、人生に絶望した者が描かれていた。ヒーローも出てこなければ、灰色の脳細胞を持った名探偵も登場しない。

〝漫画と小説は違うよ〟

〝そうかもしれんな〟

今度は、父が返事をした。適当に言っているように聞こえるが、ちゃんと続きがあった。

〝だが、違わないところもあるだろ。自分の知らないものは書けない。小説でも漫画でも一緒じゃないのか〟

当たり前のことのようだが、忘れてしまうことでもある。良彦自身、未知のものを描こうとして何度も失敗していた。

新しい題材に挑戦することは必要だけれど、不完全な作品を読者に提供する危険がつきまとう。自分の知らない世界を描いてみた、という作者の自己満足で終わりがちだ。

〝おまえの知っていることを描けばいいんだ〟

父の声に、デビュー当時の担当編集者の言葉が重なった。

ミステリー以外のジャンルでお願いできませんか?

名探偵もサイコパスも登場しない、普通のひとびととの日常生活を題材にした漫画を描いてほしい、と言われたことを思い出した。あれから長い歳月が流れたが、今でも、ほっこり系は人気がある。アニメ化している漫画も多い。

また、普通のひとびとではないのかもしれないが、父や先生のこと、死んでしまったりんのことを描きたい気持ちが芽生えていた。小説家や漫画家を題材にしたエッセイ風の漫画は需要がある。ただ、良彦の扱ったことのないテーマでもあった。

〝おれに描けるかなあ……〟

〝さあな〟

父の返事は素っ気なく聞こえるが、不器用なりに息子を応援しようとしているのだとわかる。その証拠に、こんな言葉を口にした。

〝やってみなければ、何も始まらないのは確かだな〟

情熱的な言い方でも、感動的な台詞でもなかったけれど、その声には優しさが込められていた。父の小説もそうだった。派手でも個性的でもないが、読んでいると気持ちが落ち着いた。穏やかな気持ちになった。

小説だけではない。こうして父と話していると気持ちが落ち着いた。失敗してもいい。落ち込んでもいい。駄目でもいい。自信がなくたっていい。すべてが糧《かて》になると思えるようになった。

もっと、いろいろなことを話したかった。父の話を聞きたかった。漫画や小説のことだけでなく、老人ホームに入った母のことや実家が取り壊されることも話したかった。昔話だって聞きたい。

けれど、そんな時間はなかった。奇跡の時間は終わりかけていた。ひとの気持ちを置き去りにして、時計の針は進む。何もかもを過去の出来事にしようとする。

卓袱台の思い出ごはんの湯気は消え、父の姿も見えなくなっていた。もはや輪郭《りんかく》さえも目に映らない。

〝さて帰るとするか〟

声だけが聞こえ、立ち上がる気配があった。あの世に戻ろうとしている。遠くに行ってしまおうとしている。

父を止めたかった。あの世に行ってほしくなかった。もう少しだけでも一緒にいたかった。

子どもにとって、親は無条件にわがままを言える存在だ。「帰らないで！」と叫べば、あるいは立ち止まってくれたかもしれない。でも声が出なかった。口を動かすことさえできない。

そして、動けない。金縛りに遭ったかのように動けなくなっていた。良彦のそばから足音が遠ざかっていく。父が家から出ていこうとしている。

〝……お父さん〟

ようやく言うことができたのは、子どものころの呼び方だった。ずっと、お父さんと呼んできた。何百回、何千回と呼んできたけれど、これが最後になるのかもしれない。また、声を出すことができなくなった。

それでも立ち止まってくれたらしく、足音が止まり、父の視線を感じた。こっちを見ている。温かな声が聞こえた。

〝おまえの漫画を楽しみにしている〟

最後の言葉になった。ふたたび足音が遠ざかっていく。やがて、足音が聞こえなくなった。思い出ごはんは完全に冷めている。前足で座布団を踏んでいたりんの姿も、いつの間にか見えなくなっていた。

奇跡の時間が終わった。

そして、実家にないはずのドアベルが鳴った。

カラン、コロン。

その音は、くぐもっていなかった。どこか遠くで、ミャオ、ミャオとウミネコが鳴いている。

○

現実の世界は、福地櫂の言葉で再開された。

「食後の緑茶をお持ちしました」

湯呑みが置かれた。爽やかな香りのする緑茶の湯気が、新しい物語の始まりを告げるかのように立ちのぼっている。

良彦は、ちびねこ亭の窓際の席に戻ってきていた。喉の渇きを感じ、淹《い》れてもらった緑茶を飲んだ。やや渋味があるが、爽やかな甘みがあった。喉を潤《うるお》し、身体を温めてくれる。

窓の外に目をやると、内房の海の景色が戻ってきていた。夢を見ていたのかもしれない。けれど、幸せな時間だった。死ぬまで忘れないだろう。

「ごちそうさま。すごく美味しかったです」

福地櫂に礼を言って、会計を頼んだ。ちびねこ亭にやって来てから、一時間も経っていなかった。

店を出て帰ろうとする良彦を、福地櫂が見送ってくれた。入り口のドアの前で頭を下げた。

「またのお越しをお待ちしております」

ちびは目を覚ましていたが、安楽椅子から動かなかった。ただ、良彦が食堂をあとにするとき、しっぽを振ってくれた。子猫なりの別れの挨拶みたいに思えた。

「ええ。また参ります」

言葉を返し、良彦は帰路についた。やって来た道を反対に辿り、白い貝殻の小道を抜けて、人間のいない砂浜に出た。

波の音とウミネコの鳴き声だけが聞こえてくる。静かで美しい海辺は、まるで時間が止まったかのように穏やかだった。上手な漫画家が描いた絵のようにも見える。

もちろん、時間は止まっていない。こうしている間も、生きていられる時間は減っていく。

良彦の頭の中には、父の言葉があった。

〝おまえの漫画を楽しみにしている〟

ひとりでも楽しみにしているひとがいるのなら、描かなければならない。それが漫画家というものだ。しばらく漫画を描いていないが、自分は漫画家だ。たぶん、漫画家だ。

「まずは謝らないとな」

そこから始めるつもりだった。スマホを手に取り、アドレス帳を開いた。デビュー当時の編集者の電話番号が残っている。ずっと消すことができなかった。縁が切れても消せなかった。

先生に口を利いてもらう前に、自分から連絡したかった。電話番号が変わっているかもしれないし、つながっても出てくれないかもしれない。

けれど、やってみなければ何も始まらない。父が教えてくれたことだ。

「さてと」

踏ん切りをつけるように言って、編集者の電話番号をタップした。緊張で手が震えた。

呼び出し音が鳴った。それは、明日へとつながる音なのかもしれない。

ちびねこ亭特製レシピ

あの日のオムライス

材料（1人前）

・卵　2個
・ごはん　1膳分
・魚肉ソーセージ　1本
・ミックスベジタブル　適量
・塩　少々
・こしょう　少々
・ごま油　適量
・ケチャップ　適量

作り方

1　ボウルに卵を割り、塩とこしょうを加えて適当に混ぜる。
2　フライパンにごま油を熱し、ごはんとミックスベジタブル、好みの大きさに切った魚肉ソーセージを入れて炒める。
3　2にケチャップを加え、ごはんや具材と馴染むように炒める。
4　フライパンにごま油を熱して薄焼き卵を作り、3を包んで出来上がり。

ポイント

お好みでベーコンやチーズを追加しても美味しく食べることができます。

チューリップ畑の猫と落花生《らっかせい》みそ

清和《せいわ》地区

房総丘陵の魅力あふれる自然や歴史文化に恵まれた地域です。鎌倉殿《かまくらどの》として有名な源頼朝《みなもとのよりとも》の伝説も語り継がれるような、由緒《ゆいしょ》正しくも、人々が豊かに暮らしてきた場所です。

しかし、近年は急激な人口減少と高齢化が進み、君津市内で最も限界集落に近い地域となっています。これに伴い、日常の暮らしに様々な支障が生じ、学校の統廃合や公共施設の老朽化などが大きな課題となってきました。

（コミュニティ清和のホームページより）

二木琴子《にきことこ》のスマホから櫂の声が聞こえる。控え目なしゃべり方で、琴子を遊びに誘ってくれた。

「次の日曜日に、チューリップを見にいきませんか」

以前にも、菜の花畑を一緒に見にいったことがあったが、誘われるのはそれ以来のことだ。

ゴールデンウィークが始まる二週間ほど前のことだ。最近は、春が短い。場所によっては桜が散り始めていて、夏の足音が聞こえてきそうな季節だった。

琴子は大学生で、ちびねこ亭でアルバイトをしている。櫂に電話をしたのは、アルバイトの予定の相談をするためだった。自宅のリビングでカレンダーを見ながら話していた。両親もいたが、気にせず話し続けた。

「チューリップですか？」

聞き返しながら、断るつもりでいた。誘われて迷惑だと思ったわけではない。琴子は、櫂に好意を持っている。本人に伝えてはいないけれど、異性として彼のことが好きだった。

こうして誘ってもらえたのは嬉しいし、一緒に出かけたい気持ちもある。だけど今は無理だ。電話の向こうから彼の声が聞こえる。

「ええ。学生時代の知り合いがチューリップを育てているんです。場所は——」

いつもと同じように穏やかで優しい声だった。だが、琴子は自分で質問したくせに聞いていられなくなった。

「すみません」

蚊の鳴くような声で謝った。すると、涙があふれそうになった。スマホを持ったまま泣いてしまいそうだった。

電話で泣くなんて、櫂に迷惑をかけてしまう。鬱陶《うっとう》しいと思われてしまう。わかってはいたけれど、明るく振る舞うことができなかった。

こんな気持ちになるのは、彼のせいではない。自分のせいだ。琴子は自信が持てなくなっていた。

できることなら消えてしまいたい。

どこか遠くへ行ってしまいたい。

○

黒猫食堂の冷めないレシピ

真っ黒な薄いパンフレットの表紙に、洒落た感じの白抜きの飾り文字でそう書かれている。

千葉県君津市にある小さな会場で、ゴールデンウィーク中に行われる予定の演劇のタイトルだ。黒猫食堂という名前の店が海の近くにあって、食事をすると死者が現れる。そんな内容の物語だ。

チューリップを見にいこうと櫂に誘われたのは、その舞台の稽古《けいこ》で忙しい時期だった。しかも、琴子は演劇を始めてから六ヶ月も経っていない。舞台に立ったことはあるが、通行人程度の端役《はやく》しか演じたことがなかった。素人同然の役者だ。

それなのに、大きな役を与えられた。ヒロインではないけれど、舞台に出ずっぱりで、映画やドラマでいうところの「上から三番目」くらいの重要度の役柄だ。配役を発表するとき、熊谷《くまがい》は言った。

「影の主人公だと思って演じてほしい」

熊谷は、琴子の所属する劇団の主宰者で、『黒猫食堂の冷めないレシピ』の脚本を書き、主演を務めることになっている。さらに、こんな台詞も口にした。

「この舞台の成功は、ある意味、琴子の演技にかかっている」

劇団員にいらぬプレッシャーをかけるタイプの主宰者ではないので、本当にそうなのだろう。

ますます困った。演じる自信がなかった。断りたかったが、主宰者の決めた配役は絶対だ。

「配役を頭に置いた上で書いた脚本だ」

熊谷は言っていた。つまり、あらかじめ想定する俳優に合わせて、役柄やセリフ、動きなどを書いたということだ。「当て書き」とも呼ばれる手法で、役者の個性を十分に生かすことができる。主宰者が個々の役者を把握している小劇団にぴったりの手法と言えなくもない。

琴子に与えられたのは黒猫食堂の店員の役だ。それ自体はいい。ちびねこ亭でアルバイトをしているので演じやすい。

問題は、熊谷の書いた脚本に登場する店員のキャラ造形だ。琴子と正反対の性格の持ち主だった。水と油以上に相容れない。

「いいキャラクターだろ？」

珍しく自画自賛をしている。熊谷は満足そうだが、琴子はどうしても頷くことができない。人気の出そうなキャラクターではあるけれど、これから自分が演じなければならないことを考えると、暗澹《あんたん》たる気持ちになってしまう。

琴子はおとなしい性格で、争いごとは嫌いだ。昔から、いるかいないかわからないと言われていた。洋服の好みも保守的で、「昭和のお嬢様」というニックネームを持っている。

それに対して、黒猫食堂の店員は派手な服装で、化粧も濃いギャル系ファッションの女だった。気も強く、煮え切らない役柄を演じる熊谷を罵りながら、びんたするシーンまである。

「ここは演技じゃなくていい。本気でびんたしろ。思いっきり殴っていいぞ」

熊谷にそう指示されたが、琴子はひとを殴ったことなどなかった。それどころか罵ったこともない。

――絶対に無理だ。

誰が考えたってわかりそうなものなのに、熊谷は琴子をキャスティングした。ギャルの役をやらせようとしているのだ。熊谷はその理由を話さなかったが、なんとなく察することができた。

琴子の兄・結人《ゆいと》は、劇団の看板俳優だった。役者としての評価は高く、テレビドラマの出演も決まっていた。去年の夏に交通事故で死んでしまったが、いまだにファンが多く、過去に出演した舞台のDVDを発売しないかという話があるくらいだ。熊谷がそう言っていた。

「とりあえずYouTubeにアップしようと思う」

劇団の宣伝を兼ねて、SNSを始めるつもりのようだ。話題になることは、SNSをやっていない琴子にもわかる。

人気俳優だった二木結人の妹を——自分をキャスティングしたのも、きっと話題作りのためだ。

客寄せパンダ。

兄への忖度《そんたく》。

琴子を抜擢《ばってき》した理由は、他にないように思える。少なくとも、役者として認められたわけではないだろう。

熊谷はストイックな役者だが、その一方で劇団主宰者としての責任感も強い。劇団運営は、綺麗事では済まない。利用できるものは、すべて利用する。それでも生き残ることが難しい世界なのだ。実際、劇団に所属しているほとんどの役者がアルバイトをしなければ食べていけない。

——わかっている。

わかっていたけれど、与えられた役をこなす自信が持てなかった。自信のないまま稽古に入り、散々な姿をさらした。熊谷に演技を褒められることもあったが、人気俳優だった兄の妹として忖度されているとしか思えなかった。その証拠のように、ヒロインを務める先輩女優の琴子を見る目は冷たかった。

ただでさえ下手くそなのに、練習すればするほど下手になっていった。最近では、満足に台詞をしゃべることさえできなくなっていた。琴子のせいで稽古が滞《とどこお》るようになった。

櫂から電話をもらう前日のことだった。その日の稽古が終わったあと、熊谷に言われた。

「この状態でいくら稽古しても無駄だ。みんなの邪魔になる。自分に自信が持てるようになるまで稽古場に来るな」

突き離された気がした。それでも琴子の役を取り上げることはしなかった。練習ができなくなり、いっそう苦しくなった。

自信なんて持てるはずがないのに。自分と反対の役なんて演じることができるはずがないのに。

たのだ。
　結局、チューリップを見にいくことになった。櫂との電話を聞いていた母に追い出され

○

「琴子が落ち込んでると、こっちまで気持ちが落ちてくるのよね。あなたがそんなだと、
また、お父さんと二人で仏間に引きこもっちゃうかもしれないから」
　ひどい脅《おど》し文句だった。兄が死んだときのことを言っているのだ。兄は、琴子を助けて
自動車に轢《ひ》かれた。琴子は落ち込んだが、父母の受けたショックも大きかった。眠れずに
仏間で夜を過ごす両親の姿をおぼえている。食事もろくに取らず、兄の位牌の前から動こ
うとしなかった。
　いくらか立ち直ったけれど、我が子を失った傷は癒えることがないだろう。ふとした瞬
間に、両親は暗い顔になる。それでも必死に立ち直ろうとしていた。娘を励まそうとする。
「琴子が行かないなら、お父さんが代わりに行ってやろうか」
　父があながち冗談でもない口調で言った。この父親なら行きかねない。一月に脳腫瘍の
手術を終えたばかりだが、すっかり元気になっていた。手術を受ける前に、ちびねこ亭で

食事をして以来、櫂を気に入っていた。

「一度、ゆっくり話してみたいと思っていたんだ」

そんなことまで言い出した。今にも、ちびねこ亭に電話をかけそうな雰囲気だ。母は呆れている。

「男二人でチューリップを見てどうするのよ？」

「性別は関係なかろう。男が花好きでも何の問題もない」

「いつから花好きになったの？　チューリップと菜の花の区別もつかないくせに」

「失礼な。それくらいの区別はつくぞ。食べられるのが菜の花だ」

父が真面目な顔で言い返している。本気で行くつもりなのだろうか。櫂と二人でチューリップを見ている父の姿を想像して、琴子は吹き出した。思いのほか似合っている。櫂もその状況を普通に受け入れそうだった。

そんな琴子を見て、母が背中を押すように言った。

「笑えれば大丈夫だから、さっさと行ってらっしゃい。ぐずぐずしていると、お父さんに彼氏を取られちゃうわよ」

落ち込んでいる琴子を励まそうとしているんだ、とわかった。その気持ちが嬉しかった。

「ちょっと待て、彼氏って――」

父は慌てているが、母は相手にしなかった。琴子に言った。

「櫂くんにも都合があるのよ。早く電話しなさい」

せっつかれるように電話をかけ直し、チューリップを見に連れていってくださいと頼んだ。

○

彼氏、ではない。櫂とは恋人同士ではなかった。アルバイト以外で会うことは、ほとんどない。

けれど、琴子は彼が好きだった。一緒にいるだけで気持ちが落ち着く。兄の死から立ち直ろうと思うことができたのは、彼の存在が大きかった。ちびねこ亭に励まされた。両親もそのことを知っているから、彼には好意的だ。また、櫂は礼儀正しく年上に好かれやすい男性でもあった。

「突然、お誘いして申し訳ありません」

会うなり頭を下げてきた。店でも電話でも、自分の飼い猫が相手でも、こんなふうに丁寧な話し方をする。でも堅苦しいとは思わない。琴子も似たようなものだったからだ。

「いえ。お気遣いありがとうございます」

きちんと頭を下げた。親しい相手でも、ざっくばらんに話すのは苦手だ。物心ついたときから、ずっとそうだった。

それなのに『黒猫食堂の冷めないレシピ』で、誰に対しても夕メロで気の強い役を演じなければならない。客を罵ったり、熊谷にびんたをしたりするなんて、絶対に無理だ。自分にはできない――。

思いを寄せる櫂と出かけるというのに、琴子の頭の中は舞台のことでいっぱいだった。

「お電話でもお伝えしましたが、少々距離があります。ここからバスで行こうと思っています」

櫂が律儀《りちぎ》に説明を繰り返す。ちなみに、ここはちびねこ亭ではない。君津駅前のバス停で待ち合わせをした。これから、日東交通、コミュニティバスと乗り継ぐことになっている。目的地まで三十分から四十分程度かかるらしい。駅前でレンタカーを借りることもできるようだが、琴子も櫂も自動車の運転免許を持っていなかった。

「珍しい花ではありませんが」

櫂が申し訳なさそうに言った。チューリップのことだ。確かに君津市では、いろいろな場所でチューリップを見ることができる。市役所のそばにも咲いているし、公園や川沿いの道にも植えられていた。

また、『ドリプレ・ローズガーデン』という観光名所もある。森の中にある英国風の庭園で、その名の通り多種多様なバラを楽しむことができる場所だが、チューリップも有名だった。花だけでなく、猫たちと会える場所としても知られている。保護猫たちがガーデンの中で自由に暮らしていて、カフェのテラス席や店内に出入りしているというのだ。

一度、行ってみたいと思っている。しかし、今日は別の場所に行くことになっていた。

やがてやって来たバスに乗ってから、電話でも聞いた説明を、ふたたび櫂は繰り返した。

「高校時代の同級生がチューリップを育てているんです」

チューリップ畑を持っているという。観光客も受け入れているらしい。ただ専業でやっているのではなく、君津市役所職員として働きながら育てているようだ。

同級生と言っても、高校に入り直した場合もあれば、病気で進学が遅れる場合もある。

琴子は聞いてみた。

「お若い方ですよね」

「ええ。私と同い年です」

櫂は返事をし、説明を続ける。

「代々の農家ですが、ずっと野菜や落花生《らっかせい》を作っていました。その畑で、友人がチューリップを育て始めたんです」

まだ十年も経っていないということだった。家の前の畑に植えているらしい。お土産を持ってきたらしく、櫂は紙袋を右手にぶら下げていた。

「友人の家は、清和《せいわ》地区にあります」

君津市清和地区は、小糸川上流域に位置している。豊かな自然に恵まれた美しい場所で、清和県民の森や豊英大滝《とよふさおおたき》、清和自然休養村など観光名所もある。

だが最近では、急激な人口減少と高齢化が進み、君津市内で最も限界集落に近い地域になっている。

「今年は、二万株のチューリップが咲いたそうです」

「楽しみです」

口先だけで言ったわけではなかったけれど、自分でもわかるほどに琴子の声は沈んでいた。

櫂と両親のおかげで明るい気持ちになった。でもそれは、束の間のことだった。横を見ると、暗い表情の女が清和地区に向かうバスの窓ガラスに映っている。泣きそうな顔をしていた。今にも逃げ出しそうな顔をしている。そんな琴子に櫂も気づいているはずだ。

落ち込んでいる人間に説教するのが趣味のような男性もいるが、櫂はそのタイプではなかった。いつだって優しい。ただ、今日は意外な言葉を口にした。

「ちびねこ亭に似た場所なんです」

清和地区と呼ばれるあたりに着き、二人はバスを降りた。自然にあふれた土地だった。

ちびねこ亭のイメージが「海」なら、このあたりは「森」だ。民家は少なく、見渡すかぎり一面に木々が生い茂り、春の香りにあふれている。これからやって来る夏のにおいもする。

「素敵なところですね」

「ありがとうございます」

自分の町を褒められたみたいに、櫂がお礼を言った。君津市民として嬉しかったのかもしれない。

魅力的な場所だと思ったのは、琴子だけではなかったようだ。限界集落で活気がないと聞いていたのに、観光客らしき姿があった。

しばらく歩いたところで、三十歳過ぎくらいに見える男女とすれ違った。笑顔を浮かべている。琴子と櫂に挨拶をして、バス停のほうへと歩いていった。これから帰るのだろう。

春の終わりの日射しは眩しく、二人の姿は光に溶けていくように見えなくなった。

見知らぬ二人を見送ってから、櫂が教えてくれた。

「チューリップ畑は、すぐそこです」

本当に近かった。何分も歩かないうちにチューリップが見えてきた。赤、白、黄色、ピンク、紫。素朴な雰囲気の畑に、色とりどりのチューリップが咲いている。満開に見えた。

「……すごい」

思わず言った。二万株のチューリップは壮観だった。形も色もさまざまで、作られた美しさではないけれど、迷子になった森の中でチューリップ畑を見つけたような気持ちになった。子どものころに読んだ絵本のように懐かしくて、心が温かくなる。童話や昔話に出てきそうな風景が広がっていた。

それ以上の言葉もなくチューリップを眺めていると、背後から櫂の名字を呼ぶ声が聞こえた。

「福地」

静かな声だった。振り返ると、優しそうな男性が立っていた。畑の手入れをしていたらしく、軍手をはめて土で汚れたカーキ色の作業服を着ている。

「久しぶりですね。お邪魔《じゃま》させていただきました」

飼い猫相手にも丁寧な言葉遣いをする櫂なので、同級生相手でも砕けた話し方はしないが、声の調子は親しげだった。挨拶をしてから、琴子にその男性を紹介してくれた。

「時田《ときた》翔吾《しょうご》くん。この畑の持ち主です」

二人は同い年で、ともに優しい雰囲気を持っている。けれど、似ているわけではない。見た目はずいぶん違っていた。櫂は、中性的で華奢だ。抜けるように肌が白く、縁の細いレディースの眼鏡がよく似合っている。

一方の翔吾は筋肉質だった。農作業で鍛えられたのだろうか。細身ながら力がありそうな体格をしていた。剣道の選手にも見える体つきの持ち主だった。

琴子は人見知りで、社交的な性格ではない。その上、今みたいに落ち込んでいると、いつにも増して無口になる。それでも挨拶くらいはできる。紹介されたばかりの翔吾に頭を下げた。

「二木琴子です。ちびねこ亭でアルバイトをしています」

「福地の同級生の時田です。はじめまして」

歯切れのいい挨拶が返ってきた。琴子に笑顔を向けてくれている。爽やかで好感度の高い男性だった。

真面目そうで背筋がピンと伸びている。こういうひとを「好青年」と呼ぶのかもしれない。櫂とはタイプの違う好青年だ。

「何もありませんが、ゆっくりしていってください」

「ありがとうございます」

琴子がお礼を口にしたあと、櫂が翔吾に質問をした。

「話していても大丈夫なんですか？」

「うん。大丈夫。ちょうど客が一段落したところ」

翔吾は草むしりをしていたようだ。チューリップを育てるのは、それなりに手間がかかる。これだけ美しい花を咲かせるのは簡単ではあるまい。市役所勤めをしながら畑の手入れをするのは大変だろうに、おくびにも出さない。

改めてチューリップ畑に目をやると、本当に誰もいなかった。満開のチューリップを独り占めしているような気がした。贅沢《ぜいたく》な眺めだった。舞台の悩みがなければ、もっと幸せな気持ちになれただろう。

腕時計を見ると、稽古の始まる時間だった。琴子が所属している劇団は小さいけれど、劇団員の誰もが熱意を持って芝居に取り組んでいる。兄や熊谷ほどの知名度はないものの、他の劇団から評価されている役者も多い。素人同然の役者は、琴子だけだった。自信が持てずに逃げ出したいと思っているのも、きっと自分だけだ。二人に気づかれないように、そっとため息をついた。

そんな琴子の傍らで、櫂が翔吾を誘った。

「では、一緒にお茶を飲みませんか」

畑のそばに納屋があって、その前に木製のベンチが置かれていた。翔吾のハンドメイドらしい。ここを訪れる客のために作ったものなのだろう。大人三人が座っても余裕がある大きさで、まだ新しかった。

手を伸ばせば届きそうなところで、チューリップが咲いている。ベンチに座って視線が低くなったからだろう。花畑でピクニックをしているような気持ちになった。一般的なチューリップに香りはないと言われているが、花のにおいが漂ってきそうな場所だった。

「こんなものしかなくて申し訳ない」

そう言いながら、翔吾が温かい麦茶を出してくれた。自家製の麦茶なのか、市販のものより深い茶色で、そのくせ澄んでいた。湯気と一緒に、甘い香ばしいにおいが立ちのぼっている。

「ご馳走になります」

「ありがとうございます」

櫂と琴子は、カップに注がれた麦茶を手に取った。陽気がよかったこともあって喉が渇いていた。

「いただきます」

そして、麦茶を飲んだ。口当たりはまろやかで、甘みと苦味のバランスが取れている。自然の恵みを感じるような素朴な味わいだった。ぬるくもなく熱くもない。飲みやすい温度で淹れられている。乾いた身体に染み渡るようだ。

千葉県は美味しい麦茶が作られている土地でもある。例えば、房総麦茶と呼ばれる名産品がある。千葉県産の小粒大麦を焙煎《ばいせん》した麦茶で、香ばしくてすっきりした味が特徴だ。

房総麦茶はちびねこ亭にも置いてあり、琴子も何度か飲んでいた。翔吾の淹れてくれた麦茶は、それと比べても劣っていないように思える。

「相変わらず美味しい麦茶ですね」

櫂が、昔を思い出すように言った。以前にも飲んだことがあるようだ。だが、翔吾は首を横に振った。

「たいしたことはないさ。まずくはないかもしれないけど、ばあちゃんの麦茶の足もとにも及ばない。だから、『相変わらず』って言い方は間違っているよ」

「そうかもしれませんね」

櫂が頷いている。しんみりした口調だ。同級生同士の昔話だろうか。話についていくことができなかった。

琴子を蚊帳《かや》の外に置いてしまったと思ったらしく、翔吾が「すみません」と謝ってきた。それから説明するように話してくれた。

「この畑は、もともと祖母がやっていたんです。麦茶を大きなやかんで作って、それを飲みながら農作業をしていました」

琴子に話しているからだろう。口調が改まった。けれど過去形だった。その意味はすぐにわかったが、琴子は何も言わなかった。また、その必要もなかった。翔吾が話し始めた。

○

農業だけで生活することは難しい。

天候や市場の価格変動に左右される上に、大規模農家や外国産品と争わなければならず、収入が不安定になることがある。

また、農具は機械化されて便利になったが、もちろん無料で手に入れることはできない。設備投資費は高く、農家の経済的負担は大きい。例えば、耕運機やトラクター、施肥機などの農業機械を購入する場合、莫大な費用がかかる。それに加えて、収穫後の加工・貯蔵・出荷に必要な設備も高額であり、これらを所有することができない小規模農家は、生産量を増やしたところで販路を確保することが難しく、収入増につながらない現実があった。

時田家は先祖代々の農家だったが、専業ではやっていけなくなった。翔吾の親の代から勤めに出るようになり、畑は祖父母に任された。多くの小規模農家が辿る道を歩んだ。

翔吾が小学校六年生のときに祖父が他界すると、祖母が一人で畑をやるようになった。にんじんや玉ねぎ、じゃがいも、大根などの野菜を作っていた記憶がある。少しだけだが、落花生も作っていた。

年々、植える作物は減っていたけれど、それでも農作業は重労働だ。祖父が死んだばかりのころ、翔吾は祖母に言ったことがある。

「畑なんかやっても儲《もう》からないんでしょ。だったら、やめちゃえばいいのに。疲れるだけじゃん。ばあちゃんだって大変でしょ」

実際、農業での収入はほとんどなかった。祖父が死んでからは、家で食べる野菜を作っているだけの状態だった。その野菜にしても、最近では買ってくるもののほうが多い。

「そうね。大変ね」

祖母は頷いた。その声は穏やかで優しい。相手が子どもだろうと、ちゃんと話してくれるひとだった。

このときも、生意気なことを言った翔吾に腹を立てるでもなく、畑仕事をする理由を話してくれた。

「でも、おじいちゃんと約束したのよ。死ぬまで畑の世話をしようって。死ぬまで百姓でいようって」

翔吾は、言い返すことができなかった。軽い気持ちで、やめちゃえばいいと言ったことを後悔した。

毎日、畑を耕し、種をまき、作物の成長を見守る。自然と調和し、慈《いつく》しみを持って土地と向き合う。祖母は、そんなふうに生きていきたいと願っていたのだ。農業従事者であることに誇りを持っていた。

また、祖父との思い出もあるのかもしれない。雨の日も風の日も休むことなく、二人で作物を育てていたのだから。思い出の食事があるように、ひとには思い出の場所がある。

翔吾は、おばあちゃんっ子だった。両親と仲が悪かったわけではないが、父母は仕事が忙しく残業も多かった。当たり前のように休日出勤があって、同じ家に暮らしているのに顔を見ない日があったくらいだ。

「会社勤めというのは大変なものだな」

「ええ。わたしでは、絶対に務まりません。そもそも雇ってもらえないでしょうけどね」

祖父母のそんな会話をおぼえている。会社勤めの経験がないこともあって、よく働く翔吾の父母に感心していたようだ。また、こんなことも言っていた。

「あの子たちが働いてくれているから、わしらは呑気《のんき》にしていられるんだな」

「本当ですね」

口先だけの感謝ではなかった。食事を作ってくれたり、授業参観や運動会などの学校行事に来てくれたりした。翔吾は、祖父母に育てられたようなものなのかもしれない。おかげで寂しくなかった。

祖父が死んでからは、積極的に農作業を手伝うようになった。あまり助けにならなかっただろうけど、祖母は喜んでくれた。やかんの麦茶を飲んで、祖母の手作りのおやつを食べて、長い時間を一緒に過ごした。幸せな子ども時代だったと思う。記憶の中の翔吾は泥だらけで、そばに猫がいた。

――福太郎《ふくたろう》。

祖母が名付けた。祖父が死んだあと、畑に迷い込んできた小さな黒猫だ。綺麗な毛並みをしていたので、近所で飼われている猫――迷い猫かと思い保護していたようだが、結局、飼い主は現れなかった。あるいは、捨てられたのかもしれない。山や雑木林に猫を捨てていく人間は存在する。念のため獣医に診《み》せると、生後三ヶ月くらいだと言われた。

「こんな小さな猫を捨てるなんて、命を何だと思っているんだ」

父は腹を立て、母は子猫の頭を撫でた。我が家に迎え入れることを反対する者はいなかった。家族の全員が可愛がった。ただ、誰も「福太郎」と呼ばなかった。名前を付けた祖母でさえ、別の呼び方をした。

「フクちゃん、ごはんよ」

黒猫も「なん!」と返事をした。それが自分の名前だと思っているようだ。福太郎、と試しに呼んでも反応はなかった。

フクちゃんはやんちゃな性格で、活発な子猫だった。じっとしていることがなかった。外に出したら、どこか遠くに行ってしまいそうだった。幸いなことに脱走癖はないらしく、家の中で走り回っていた。

そんなふうに元気いっぱいのフクちゃんだが、何年経っても小さいままだった。大きくならない種類の猫だったようだ。

翔吾が高校生になると、祖母は畑でほとんど野菜を作らなくなった。だが、農業が嫌になったわけではなかったようだ。

「育ててみたいものがあるの」

秘密を打ち明けるように祖母は言った。高校生になっても、翔吾は祖母と仲がよかった。祖母が何をしようとしているのかも気になる。

「何を作るの？」

「お花」

意外な返事ではなかった。祖母は花が大好きで、今までも畑の片隅や庭先に植えていた。これからは片隅ではなく、畑いっぱいを使って花を育てたいということのようだ。

「何の花？」

「チューリップよ」

ずっと前から決めていたようだ。チューリップは可憐だが、たくさんある花の中から選んだ理由がわからない。問うと、祖母が教えてくれた。

「幸せなお花だから」

「え？」

何の話が始まったのかわからなかった。自分の台詞に照れたのか、少女のようにはにかみながら祖母が答えた。

「そういう花言葉なんですって」

花言葉は、文化や時代、地域によって変化するものだが、チューリップが「思いやり」や「幸福」を意味するのは一般的だ。少なくとも祖母はそう聞いたようだ。チューリップを幸せな花だと信じている。ただ、自分の幸せを願って植えようとしているのではなかった。

「最近、寂しくなっちゃったから」

祖母は続けた。この台詞の意味はわかった。どんなに長寿化が進もうと、ひとには寿命がある。いずれ、この世を去るときが訪れる。祖父だけではなく、親しくしていた友人や親戚が何人も他界していた。

それに加えて、疎遠になってしまった縁者もいる。清和地区の過疎化も進んでいる。年々、墓参りに訪れる人間も減っていた。

「みんなも寂しいんじゃないかって思ったの」

鬼籍に入ったひとびとの心配をしている。祖母は遠い目をしていた。祖父や昔なじみの友人の顔を思い浮かべているのかもしれない。

「お花が咲いたら、丘の上のお墓から見えるでしょう」

坂を登ったところに、霊園があった。祖父もそこで眠っている。確かに高台にあるので、チューリップが咲けば見えるだろう。翔吾がその景色を想像していると、ふいに祖母が深刻な表情になった。

「問題はフクちゃんね」

真面目な声で言った。翔吾は驚いた。脈絡のない言葉が飛び出したように思えたのだ。

「え？　何？」

「猫には毒なのよ」

この台詞で、チューリップのことを言っているのだとわかった。そこに含まれているアルカロイド成分が、猫にとっては有毒で、消化器系や神経系に影響を与える可能性がある。猫がチューリップを食べた場合、嘔吐《おうと》、下痢、食欲不振などの症状を引き起こすことがある。重症化する場合もあり、ひどいと死んでしまう。

「家から出さなきゃ大丈夫だよ」

心配性の祖母を宥《なだ》めるように言った。そして、チューリップを家の中に持ち込まないようにすればいい。

ちなみに猫にとって毒になるのは、チューリップだけではない。ツツジやユリも駄目だし、玉ねぎやトマトのような日常的に食卓に上る野菜も危険だ。そもそも飼い猫を家の外に出すのは好ましくない。

フクちゃんが危ない目に遭わないように注意してきたし、これからもできる。猫を飼っている以上、当たり前のことだ。翔吾もフクちゃんを慈しみ、小さな命を大切に思っている。幸せに暮らしてほしいと思っている。

また、祖母の願いも叶えたかった。家の前にチューリップが——幸せな花が咲いているのを見たい気持ちもあった。

「ぼくも手伝うよ」

翔吾は言った。子どものころから農作業には慣れている。花を育てたことはなかったけれど、祖母に教えてもらいながらやればいい。土いじりは好きだった。

「ありがとう。お願いね。頼りにしているから」

「任せて」

約束した。畑仕事を手伝い、フクちゃんの世話もするつもりだった。祖母と一緒にチューリップを育てたかった。畑いっぱいの幸せな花を見たかった。だが、そのすべては叶わなかった。

その翌日のことだった。昼間、翔吾が学校に行っているとき、祖母が倒れた。農作業中に倒れて動けなくなったという。近所のひとが救急車を呼んでくれて、病院に運ばれた。

両親と一緒に病院に向かった。どうしようもなく嫌な予感がした。祖父が死んだ日のことを思い出した。縁起でもないと自分を叱ったが、その予感を打ち消すことができないまま病院に着いた。

するど、祖母はベッドに横たわってはいたけれど、意識はしっかりしていて、普段と変わらない穏やかな顔をしていた。慌てて駆けつけた翔吾たちを見て、申し訳なさそうに言った。

「大騒ぎしてごめんなさいね。ちょっと、ふらふらしただけよ。もう大丈夫だから。もう何ともないから」

翔吾は、その言葉を信じた。信じたいから信じた。祖母が入院することになっても、大丈夫だと自分に言い聞かせた。

ベッドから上体を起こすことさえできなくなっているのに、すぐによくなると思おうとした。あの家に帰ってくる、また一緒に暮らせるようになると思おうとした。

――ばあちゃんを元気にしてください。

仏壇に手を合わせて、天国の祖父にそう頼んだ。神社に行って神さまに頼んだこともある。

だけど、翔吾の声は届かなかった。祖母と暮らせる日は来なかった。退院することなく死んでしまった。

翔吾は家族を失った。

大好きな祖母が、この世からいなくなってしまった。

誰にとっても、身近なひとの死を受け入れるのは容易なことではない。翔吾もそうだった。死んだ祖母が帰ってくるような気がして仕方がなかった。

去年の家と、今年の家。

何も変わっていないのに、祖母が帰ってくることはない。もう二度と会うことはできない。線香の香りが満ちている家で、仏壇に置かれた祖母の遺影を見ていた。実際には自分の部屋にいる時間のほうが長かったのに、ずっと仏間に座っていたような気がする。

祖父が他界したときよりも、ショックは大きかった。祖母と過ごした時間が長かったこともあるだろうし、高校生という多感な時期だったこともあるだろう。その日を境に、死を身近に感じるようになった。

死は万人に訪れる。

いずれ、自分もこの世から去るときがくる。そう思うと、身体が震えた。どうしようもなく怖かった。当たり前のことが怖かった。祖母がいなくなったことに——二度と帰ってこないことに、翔吾は傷ついていた。

取り残された悲しみは底がなかった。ふとした瞬間に祖母を思い出して泣きそうになる。

祖母との永遠の別れは、翔吾の心に大きな傷をつけたまま、いつまで経っても治らなかった。

○

満開のチューリップ畑が目の前にある。風が吹くたび、チューリップの花が静かに揺れる。穏やかに相づちを打っているようにも見えた。そして、翔吾の話は続いている。琴子に昔の出来事を話してくれる。

「気づいたときには、家に引きこもっていました。学校にも近所に買い物にも行けない。行こうと思えないんです」

琴子は胸が苦しくなった。兄を失った日のことを思い出したからだ。琴子を助けて、兄は自動車に轢かれた。琴子の目の前――手を伸ばせば届きそうなところで死んでしまった。

大学に行けなくなった。食欲はなくなり、夜になっても眠れなくなった。涙を流すこと と、兄の墓参りに行くことくらいしかできなくなった。兄のいなくなった世界で生きているのが辛かった。もしかすると、ゆっくりと死のうとしていたのかもしれない。

そんな琴子を救ってくれたのは、ちびねこ亭の思い出ごはんだった。櫂とちびが助けてくれた。翔吾もそうなのではなかろうか？

だが、違った。

この青年を救ったのは、小さな黒猫とチューリップの球根だった。

〇

翔吾が学校を休むようになった最初のころ、父母は交互に、あるいは二人同時に会社を休んで一緒にいてくれた。

有給休暇を使っていたようだが、無限にあるわけではなかった。稼がなければ生きていけないのだから、ずっと休んでいることもできない。また、会社のことも気になっているようだ。

一週間がすぎたとき、翔吾のほうから会社に行ってくれと頼んだ。

「ゆっくりしたおかげで、ずいぶん楽になったから。来週くらいから学校に行くつもりだから。もう大丈夫だから」

そんなふうに言ってはみたけれど、本当に学校に行けるかどうかはわからなかった。

両親は躊躇《ためら》いながら、翔吾の提案を受け入れた。仕事も溜《た》まっていただろうし、これ以上休むと、会社に戻りにくいと思ったのかもしれない。その翌日から以前と同じように出社することになった。

「何かあったら電話するんだぞ。すぐ戻ってくるからな」

「誰か来ても出なくていいからね。玄関に鍵をかけておくのよ」

くどいほどに念を押してから家をあとにした。

そうして両親がいなくなると、家全体が静かになった。古い建具や天井が軋《きし》む音や、たいして吹いていない風の音がはっきりと聞こえた。祖母が生きていたころには、意識さえしたことがなかった音だ。ひとがいなくなると、今まで聞こえなかった音が耳につくようになる。

静寂から逃げ出すように、翔吾は声に出して呟いた。

「さてと、フクちゃんにごはんをあげるかな」

祖母が倒れてから、翔吾がフクちゃんの面倒を見ている。この家に迷い込んできたころはやんちゃだったが、最近はおとなしい。成猫《せいびょう》になったからなのかもしれない。見た目は小さいままだけれど、もう五歳になる。人間の年齢に換算すると、三十代半ばくらいだろうか。いつの間にか、翔吾より年上になっていた。

大人の落ち着きを見せていたフクちゃんだが、この日は姿が見えなかった。いつもいる居間にもいない。祖母の使っていた部屋をのぞいたけれど、そこにもいなかった。

「外に出ていったんじゃないよな」

自分の言葉に慌てた。この家は昔ながらの日本家屋で、作りは古く、そこら中に出入り口があった。猫が脱走するのは難しくない。これまで脱走したことはなかったけれど、ときどき外を見ていることがあった。フクちゃんは迷い猫だったのだから、外の世界の自由さを知っている。

けれど、飼い猫にとって外は安全な場所ではない。交通事故に遭う可能性もあれば、野生動物に襲われる可能性もある。それこそ、チューリップのような毒になるものを食べてしまう危険もあった。

「フクちゃん！」

翔吾は飼い猫の名前を叫びながら、誰もいない家を飛び出した。祖母が病院に運ばれたときと同じ種類の不安に襲われていた。自分を残して、どこかに行ってしまうような気がしたのだ。

幸いにも、その予感は外れていた。フクちゃんは、どこか遠くには行っていなかった。

玄関から出たところでもう一度、飼い猫の名前を呼ぶと、「なん」と返事があった。納屋のほうから聞こえる。祖母が死んでから、一度も足を踏み入れていない場所だった。両親も入っていないだろう。

足早に納屋に近づくと、ほんの少しだけ戸が開いていた。最初から開いていたようにも、猫が開けたようにも見える。

その戸を引いて、翔吾は納屋に入った。暗くて土のにおいがする。湿気が多く、黴《かび》くさくもあった。

「フクちゃん、そこにいるの？」

改めて呼びかけると、黒猫が返事をした。

「なん」

やっぱり納屋にいたようだ。だが、どこにいるのかはわからない。納屋には窓がなく、戸を開けても暗かった。これではフクちゃんを捕まえることができない。とりあえず灯りをつけることにした。灯りと言っても裸電球が吊《つる》されているだけだったけれど、天井が低い上に狭いこともあって結構明るくなる。

「電球、切れてないよな」

不安に思いながらスイッチをひねると、パチンと音がして、オレンジがかった温かい光が広がった。ＬＥＤとは違う穏やかな明るさだ。納屋の湿った暗闇が退き、小さな黒猫の姿が見えた。壁際の箱の上に座っている。

「そこにいたのか……」

翔吾は、ほっとする。一方のフクちゃんは、こっちを見ていなかった。納屋の端のほうに視線を向けていた。何かをじっと見ている。

「何かいるの？　もしかしてネズミ？」

祖母が清潔にしていたものの、野外にある納屋だ。周囲には森があって、小動物が入り込んでも不思議のない環境だった。

「なん」

フクちゃんは返事をするだけで、同じ場所を見続けている。ますます気になって、そっちを見た。

そこにあったのは、ネズミではなく球根だった。二、三十球くらいだろうか。物置の片隅にひっそりと置かれていた。両親は納屋には入らないので、祖母が置いたものだろう。

「チューリップ……だよな」

他に考えられなかった。球根を見ているうちに、いつかの祖母の言葉がよみがえってきた。


お花が咲いたら、丘の上のお墓から見えるでしょう。

時田家の墓は丘の上の霊園にあって、祖母もそこで眠っている。霊園からは、この家と畑を見ることができた。

翔吾は、霊園のある方向に顔を向けた。納屋の中から見えるわけがないのに、祖母の墓が思い浮かんだ。白百合が手向けられ、線香の煙が立ちのぼっている。

丘の上の霊園の周囲には、建物がなく人通りもなかった。昼間でも梟《ふくろう》が鳴いているような静かな場所だ。墓参りに行っても、たいていは誰もいない。家が絶えてしまったのか、荒れ果てて崩れかけている墓がいくつもあった。

「寂しいだろうな」

祖母がチューリップ畑を作ろうとしていた気持ちがわかった。あの世に行ってしまった大切なひとたちが寂しい思いをしないように、美しい花を咲かせようとしていたのだ。

ふたたび球根を見た。このまま放っておいたら駄目になってしまう。花を咲かせることなく、この世から去ることになるのだ。

「なん」

フクちゃんが翔吾の目をのぞき込むようにして鳴いた。その瞬間、祖母と交わした会話を思い出した。

「ぼくも手伝うよ」

「ありがとう。お願いね。頼りにしているから」

霊園に眠るひとびとが寂しくないように、幸せな花をたくさん咲かせる。それが祖母の願いだった。その手伝いをすると、翔吾は約束した。大好きな祖母と交わした約束だ。

約束は守らなければならない。祖母の願いを叶えたいと思った。寂しい思いをさせたくない。

祖母は死んでしまったけれど、彼女との思い出は残っている。優しくしてもらった日々は忘れない。祖母の言葉は消えていなかった。

一緒にすごした温かい時間の記憶は、今も翔吾の胸の奥に残っていた。それは、失われたと思っていた温もりだった。二度と会えないと諦めていたのに、祖母をこんなに近くに感じる。

ひとの命にはかぎりがあるが、思いを引き継ぐことはできる。祖母の思いを引き継げるのは自分しかいない。

「なん」

ふたたびフクちゃんが鳴いた。背中を押された気がした。祖母の笑顔が、はっきりと見えた。そして自分のすべきことがわかった。引きこもって落ち込んでいる場合ではない。

「……任せて」

裸電球に照らされた納屋で、あのときと同じ言葉を呟いた。記憶の中の祖母に返事をした。

翔吾は、チューリップの球根を拾った。

――チューリップの花を咲かせよう。

――祖母が望んだような美しい花畑を作ろう。

そう決心したはいいが、たくさんの花を一度に育てるのは難しい。ましてや、高校生がチューリップ畑を作ろうというのだから。

農作業を手伝っていたと言っても、畑で遊んでいたようなものだった。しかも育てていたのは野菜だ。どうすればチューリップを育てることができるのかわからなかった。

翔吾は学校の図書館に行き、本を何冊も借りた。また、わからないことがあるたびにネットでも調べた。学校の宿題、例えば夏休みの自由研究なら、高評価を得られただろう。

だが、現実は理屈通りにいかなかった。初めて植えた球根は、ほとんど花を咲かせずに終わった。

のちに知ったことだが、植えるタイミングが悪かったのだ。チューリップの球根を植える時期は、秋から初冬が適していると言われている。この時期に球根を植えることで、春に美しい花を咲かせる。そのタイミングを誤ると、球根が十分な成長を遂げる前に寒い冬が訪れてしまい、花が咲かない可能性が出てくる。翔吾の育てたチューリップは、まさにその状態だった。いつまで待っても花は咲かなかった。

翔吾は絶望し、心が折れそうになった。チューリップは一年に一度しか咲かない。高校生にとって来年の春は遠い未来だ。

祖母との約束を守ることができなかった。このときはそう思った。すべてが終わってしまったような気持ちになった。

ふたたび貝のように閉じこもった。膝を抱えるようにして、自分の部屋で落ち込んでいると、ふと畑からいくつもの声が聞こえてきた。過疎化が進んでいる清和地区では珍しいほどの賑やかな声だった。

導かれるように窓の外を見た。すると、翔吾の両親や近所のひとびとの姿が畑にあった。草むしりをしていた。花が咲かなかったチューリップ畑の手入れをしてくれていたのだった。

雑草はチューリップの成長を妨げる。土壌中の栄養分を奪ったり、光を遮ったりする。

だから、チューリップ畑に生える雑草は、できるだけ早めに取り除くことが望ましいと言われている。そこまでわかっていながら放置した翔吾の代わりに、ひとびとが雑草を抜いていた。

農作業をろくにしたことがない両親は、泥だらけになっていた。父などは力の加減がわからないらしく、雑草を抜いて尻もちをついている。それを見て、みんなが笑った。バカにした笑い方ではなく、心が温かくなるような声だった。両親も楽しそうに笑っている。

花の咲かなかったチューリップ畑に、光が満ちあふれていた。父母や近所のひとたちの顔が、眩しい。

大切なひとを失ったのは、翔吾だけではない。父は母親を失い、母は義理の母を失った。近所のひとびとにしても悲しい別れを経験している。親を亡くした者や連れ合いに先立たれた者、我が子を失った者だっている。

それでも笑っていた。それぞれの痛みや悲しみ、苦しみを抱えながら、朗《ほが》らかに笑っていた。泥だらけになって、来年のために雑草を抜いている。誰もが未来に向かって歩き始めようとしている。

父が翔吾に気づき、大きく両手を振った。そして、「手伝ってくれ」と大声を出した。その隣では、母が微笑みながら手招きしている。まともに話した記憶のない近所の老人や大人たちが、「翔吾ちゃん、大きくなったねえ」と言い合っている。みんな、光の中にいた。

「なん」

フクちゃんの声が聞こえた。いつの間にか翔吾の部屋に入り込み、賑やかな窓の外を見ていた。それから翔吾の顔を見て、普段より少しだけ大きな声で鳴いた。

「なん！」

背中を押すような声だった。猫の言葉はわからないけれど、一緒に暮らしていると気持ちの欠片くらいはわかるようになる。

「なん」

「そうだな。ありがとう」

翔吾はお礼を言い、部屋の外に出ていった。明日への一歩を踏み出すために、光の中に向かった。

生きることは厳しく、死を選ぶ人間があとを絶たないほどだ。世の中に絶望する人間は多く、人生を投げ出す者も少なくなかった。他人に構っているような余裕はない。それは事実だろう。

でも、誰かを救いたいと思っているひともいる。誰かに手を差し伸べることで救われることもある。ひとびとは翔吾を救うことで、自分自身も救おうとしたのかもしれない。

花が咲く前からチューリップ畑は話題になり、疎遠になっていた親戚までが畑に顔を出すようになった。付き合いの絶えていた近所のひとたちが、畑仕事を手伝ってくれるようになった。

そして言葉を交わすようになり、笑い合うようになった。寂しかった町に、笑顔が戻ってきた。隣人とのつながりが薄くなった町に、遠い昔に失われたと思っていた温もりが戻ってきた。

○

赤、白、黄色、ピンク、紫。

色とりどりに咲くチューリップを見ながら、幸せな花で埋め尽くされた畑を見ながら、大人になった翔吾は話を続ける。

「綺麗に花を咲かせたのは、四年目のことでした。満開のチューリップ畑で、みんなで泣いてしまいました」

子どもも年寄りも、両親も泣いた。みんな、笑顔で泣いていた。そして、ありがとうと言った。ありがとうと言い合った。

ひとは痛みや悲しみ、苦しみを抱えていても笑いたいと思っている。ありがとうと言いたいし、きっと、ありがとうと言われたい。そのために歩いていくのだ。ただ歩けるのは自分だけの力じゃない。道を作ってくれたひともいれば、躓《つまず》いて転びそうになったときに支えてくれたひともいる。転んでしまったときに、優しく手を差し伸べてくれるひともいただろう。

丘の上の霊園に眠っているのは祖母だけではない。近所のひとや親戚の先祖や大切なひとも眠っている。道を作ってくれたり、支えてくれたり、手を差し伸べてくれたひとびとだ。

そんなひとびとに花を捧げたくて、チューリップの花を咲かせようとしたのかもしれない。賑やかな笑い声を届けようとしたのかもしれない。祖母の言った通り、チューリップは幸せな花だった。

「大学を卒業後、君津市役所の職員になりました」

翔吾が琴子に説明するように言い、それから友達口調に戻って続けた。琴子だけでなく、櫂にも聞かせたいのだろう。

「この町に――君津市に育ててもらったから、ほんの少しだけでも恩返しをしたい。今よりもっと住みよい町にして、次の世代に渡したい。幸せな笑い声があふれる町にしたい。そう思ったんだよ」

理想を持って働いているのだ。目標と言い換えてもいい。けれど、達成するのは容易ではあるまい。

全国的な傾向として人口が減少している。今後、ますます減っていくことが予想されている。すると、当然のように働き手も減る。ひいては生活関連サービス業の減少、空き家や耕作放棄地の増加などが生じ、また税収が減少することで、行政サービスの維持が困難になる恐れがある。

高齢者が増える一方で、若年層が減少すると、社会保障制度に負担がかかる。例えば、年金制度だ。若年層は年金制度に対して不信感を抱き、将来的な不安を抱え、高齢者は生活苦を強《し》いられる可能性が生じる。

さらに、現代社会では世代間格差が拡大し、社会が分断される傾向にあった。世代間の摩擦を生み出し、社会的不安や不信感を引き起こしているのだ。幸せな笑い声があふれる未来への見通しは暗い。

もちろん、翔吾もそのことは理解していた。口先だけの理想を掲げているわけではなかった。

「過疎化や少子高齢化は、清和地区だけではないんだ。君津市全体として人口が減り続けている」

うつむきかけたが、すぐに前を向いた。

「ばあちゃんがチューリップ畑を作ろうとしたように、自分のできることをやろうと思ってるんだ」

多くのひとが自分らしく活き活きと暮らし、輝くことが、まちづくりの原動力になる。君津市総合計画にも書かれていることだ。

翔吾は、チューリップを育て続けた。市役所に就職したあとも世話を続けた。忙しい時間を縫うようにして畑仕事を続けた。両親や親戚、近所のひとびとも手伝ってくれた。その甲斐《かい》もあって数十株しかなかったチューリップが、今では二万株まで増えた。春には、こうして優しい花を咲かせる。チューリップ畑の周囲には、幸せな笑いがあふれている。

地元の新聞に取り上げられ、遠くから見に来てくれるひともいる。限界集落に活気が出て、寂しさは薄らいでいた。少しだけかもしれないが――翔吾がそう思っているだけかもしれないが、確実に薄らいでいた。

その一方で、悲しい出来事もあった。それは、生きているかぎり避けることのできない別れでもあった。

「去年、フクちゃんが死んでしまってね」

翔吾の声が沈んだ。ある日、朝起きると動かなくなっていたという。十五歳を過ぎても小さかった。子猫の姿のまま、フクちゃんは虹の向こう側にいってしまった。祖父母のところにいってしまった。

「火葬してもらって、納屋のそばに埋めたんだ。チューリップ畑も丘の上の霊園も見える場所にね」

視線は、チューリップ畑に向けられている。何かをさがしているような顔をしていた。

翔吾は口を閉じ、琴子も黙っていた。チューリップの揺れる音が聞こえてきそうなくらい静かになった。

音のない時間が、しばらく続いた。翔吾はチューリップ畑から視線を動かさない。

沈黙を破ったのは、櫂だった。穏やかな口調で翔吾に話しかけた。

「出し忘れていましたが、お茶請けを持ってきました。よかったら一緒に食べませんか」

そして、紙袋からタッパーを取り出した。それほどの大きさはない。弁当箱より一回り小さいサイズだ。琴子の脳裏に浮かんだ言葉があった。

思い出ごはんを食べると、死んだ人間の声が聞こえる。目の前に現れることもあるそうだ。

ちびねこ亭を教えてもらったときに、熊谷がそんなふうに言った。多くの人間にとって信じられないことだろうが、琴子はその言葉が真実だと知っていた。だから、櫂が思い出ごはんを持って来たと思ったのだった。過去にも、ちびねこ亭以外の場所で奇跡を起こしたことがある。

「ありがとう。気を使わせちゃって悪いな」

翔吾はタッパーを受け取り、蓋を開けた。そこには、みそと落花生が練り込まれたものが入っていた。それを見て、嬉しそうに櫂に言った。

「みそピーナッツか」

「ええ。店で作ってみました」

ちびねこ亭特製の落花生みそだった。千葉県には、「落花生みそ」や「みそピーナッツ」と呼ばれる郷土料理がある。生落花生を煎《い》って、そこに砂糖やみそ、酒などを加えたものだ。房総土産として人気があるが、地元でも愛されている。

学校給食でも提供されており、常備菜として家庭で作られることもある。それぞれの家庭で味付けが異なり、使うみそも違う。水飴や蜂蜜で甘みを強くしているものもあれば、砂糖を使わないものも存在するという。

「甘めに作ってあります」

「ばあちゃんのみそピーナッツもそうだったなあ。すげえ甘かった」

もともとは、市場に出すことのできない規格外の落花生の活用方法として農家のひとびとが考案したものらしい。翔吾の祖父母も、かつて落花生を栽培していた。自家製の落花生みそが常備されていたのだろう。

昔のことを思い出したからか、もしくは、学生時代の友人である櫂と話しているからか、翔吾の言葉遣いが少年のものになった。ふとしたきっかけで、ひとは昔の自分に戻ることがある。

どんなに時が流れても――忘れてしまったように思えても、思い出は消えず心のどこかで生きている。そして、今の自分を支えてくれている。

櫂は、取り皿と箸も持って来ていた。最初からチューリップを見ながら食べるつもりでいたようだ。落花生みそをスプーンですくい、小皿に載せて翔吾に渡してから、琴子に声をかけてきた。

「よかったら味を見てください」

「は……はい。ありがとうございます」

返事をしたものの、琴子は東京都で生まれ育った。しかも、幼稚園から大学まで都内で、千葉県に足を踏み入れるのは、ディズニーランドや空港に行くときくらいだった。ちびねこ亭を訪れるまで、君津市という名前を知らなかったくらいだ。

だから落花生みそを食べた記憶はなく、馴染《なじ》みのない料理だった。少なくとも二木家の食卓に並んだことはなかった。知識として存在を知っているだけだ。おやつとも食事ともつかない落花生みそは、不思議な感じがする。

「琴子さんの口に合うといいのですが」

櫂も心配そうな顔をしていた。大丈夫です、とは言えなかった。郷土料理は食べてみないとわからない。どんなに世間で評判がよかろうと、自分の味覚に合わないことがある。

「結構、好き嫌いが分かれる食べ物だからなあ」

翔吾が同意する。落花生みそが口に合わないと言われたことがあるようだ。琴子も不安だった。

「とりあえず少なめにしておきますね」

櫂が決断するように言って、二口分くらいの落花生みそを小皿にすくい、琴子に渡してくれた。水飴か蜂蜜を加えてあるのだろう。宝石のように光沢《こうたく》のある色合いをしていた。

「どうぞ、お召し上がりください」

優しく促され、琴子は返事をした。

「いただきます」

それから、おそるおそる口に運んだ。正直に言うと、期待していなかった。みそと砂糖で味付けしてあると聞いて、もったりとした田舎くさい味を想像していた。だが――。

「え……」

思わず声が出た。驚くほどの芳醇《ほうじゅん》な味わいが、そこにあった。落花生みそを口に入れた瞬間、美味しいとわかった。香ばしく濃厚な固まりが、口の中でまろやかに溶けた。みそと蜂蜜で練っているのだろう。優しい甘みが広がり、落花生の風味と絶妙に調和している。互いを引き立て合っていた。落花生の歯触りも心地いい。まだ湯気の立っている温かい麦茶との相性も抜群だった。

落花生みそを味わいながら、その一方で奇跡が起こるのを期待していた。思い出ごはんを食べると、大切なひとと会うことができるが、その奇跡は一度しか起こらない。

一度だけの人生だから悔いを残したくないんだ。

兄の言葉が思い浮かんだ。一期一会《いちごいちえ》という言葉があるが、人生で起こるすべての出来事が、そうなのかもしれない。繰り返し起こっているように見えても、まったく同じ現象ではない。

だが、ここはちびねこ亭ではない。違う場所だ。しかし、奇跡が起こりそうな予感があった。

——ちびねこ亭に似た場所なんです。

櫂はそんなふうに言っていた。ここでも大切なひとと会うことができるという意味ではなかろうか。

琴子は、ふたたびチューリップ畑に目をやった。花は不思議な存在だ。その美しさや香りは人々の心を癒やし、癒やしを求める人々を引き寄せる。

また、成長、変化、再生といった自然界のサイクルを象徴しており、人生の移り変わりや成長、新たな始まりを示唆していると言われることがある。例えば、春に咲く花からは、冬の寒さから復活する生命力や、春の陽気な気候とともに成長していく力を感じることができる。

ちびねこ亭で起こったような奇跡が起こっても、不思議はないように思えた。今すぐにでも死者が現れそうな予感さえあった。だが会えるのは本人だけだ。近くにいても琴子には何も見えないし、何が起こっているかも分からない。櫂にも見えていないという。

不思議な話だが、理屈を付けられないわけではなかった。仮説のようなものはあった。

「夢を見ているだけかもしれませんね」

櫂が、そんなふうに言ったことがある。思い出の料理が記憶を刺激し、夢を見ると考えているようだ。

夢だと思いたくない反面、納得できるところもあった。ちびねこ亭に現れた死者は、生きている者に都合のいいことばかりを言う。生きる勇気をくれる。琴子もそうだった——。

そんなことを思いながら、改めて翔吾の顔を見た。美味しそうに落花生みそを食べ、麦茶を飲んでいる。その様子は落ち着いていて、死んだ人間と会っているようには見えなかった。

考えていることが顔に出たのだろう。翔吾が琴子の視線に気づき、言葉を紡ぐように言った。

「ちびねこ亭で起こるような奇跡は起こりません。ここに死者が現れることはありません」

でも、大切はひとを身近に感じることはできます。彼は、そんなふうに続けた。穏やかな声で、琴子に教えてくれる。

「ばあちゃんが、チューリップを綺麗だと言ってくれているのを感じるんです。みんな、よろこんでくれているって」

そして、翔吾はチューリップ畑の向こう側に視線を向けた。霊園があると言っていた丘の上を見ている。彼の祖父母や、この土地で生まれ育ったひとたちが眠っている場所だ。たくさんのひとが葬られている。家族や友人たちに囲まれて他界した者もいれば、独りぼっちで最期を迎えた者もいる。チューリップ畑では、そんなひとびとの声を感じることができる、とも翔吾は言った。

死者の声を感じることができるなんて、多くの人間にとっては信じられない話だろうし、霊感商法の類だと警戒する者もいるはずだ。

だが、琴子は疑わなかった。耳を澄ませば、丘の上から声が聞こえてくるようだった。

綺麗なチューリップが咲いているから。たくさんのひとたちがチューリップを見に来てくれるから、もう寂しくない。ありがとうね。

チューリップ畑を作った翔吾にお礼を言っていた。幻聴だったのかもしれないけれど、優しい声をしていた。あるいは、翔吾の祖母の声が聞こえたのかもしれない。

花を墓に供えるのは、いろいろな国で見られる習慣だ。その歴史は古く、古代エジプトや古代ギリシャ、古代ローマなどの古代文明にまで遡《さかのぼ》ることができると言われている。また、中世ヨーロッパでは、墓地に花を植えることが一般的だった。

――故人の好きだった花を手向けることによって、死んでしまったひとたちがよろこんでくれる。

そう考えるのは一般的だろうし、祖霊が花を見るために戻ってくると考える地方もあるという。

死者の声を聞くことができるのは、翔吾や琴子だけではないはずだ。暖かな春の日射しの中で、翔吾は穏やかに話し続ける。

「チューリップが咲くたびに、ばあちゃんや他のみんなに会えるんだよ。頼りない自分を見守っていてくれるって思えるんだ」

琴子は兄を思い出す。忘れたことはなかったが、その言葉を聞いて、より鮮明に思い出した。

ちびねこ亭で会ったとき、こんなことを言った。

〝会いに来てくれて、ありがとう。琴子のこと、見守っているからな。ずっと見守っている〟

舞台に立とうと思ったのは、それが兄の願いだったからだ。もし本当に見守っていてくれるなら——すぐそこにいるのなら、琴子が舞台に上がれば兄も一緒に舞台に立つことになる。

兄は役者を目指していた。一流の役者になろうと人生のすべてを捧げて努力していたが、志《こころざし》半《なか》ばで死んでしまった。妹を助けるためとはいえ、悔しかったに決まっている。後悔が残っていないはずがない。

ただ、きっかけはどうであれ、劇団に入ったのは兄のためばかりではなかった。琴子自身が、役者として舞台に立ちたいと思ったのだ。ずっと演劇をやりたいと思っていたのかもしれない。輝いていた兄に憧れていたのかもしれない。

生きれば生きるほど、兄とすごした日々は遠ざかっていく。忘れまいと思っていても記憶は薄れ、過去の出来事になっていく。

けれど琴子が舞台に立てば、ずっと一緒だ。役者を続けているかぎり、自分は兄の背中を見ていられる。

琴子が逃げ出しても兄は怒らないだろうが、きっと背中は見えなくなる。それは嫌だった。絶対に嫌だ。

　自分から離れていく兄の背中を思い浮かべた瞬間、舞台から逃げ出したいと思っていた気持ちが、ゆっくりと消えた。麦茶の湯気が、空気と混じり合って消えていくように、どこかへ行った。

　翔吾が話し終えると、ふたたび静かになった。櫂も何も言わない。二人とも、もともと口数が多いほうではないのだろう。無理にしゃべろうとはしなかった。琴子も似たようなものだ。間を持たせるためにしゃべったりはしない。

　静けさを味わうように琴子も黙っていると、突然、櫂と翔吾がチューリップ畑の先のほうを眺めていることに気づいた。霊園とはまた違う、どこか遠くの向こう側を見ているようだった。

　琴子も同じ方向に目をやった。最初は何も見えなかったが、やがてチューリップ畑の向こう側に、小さな黒猫が現れた。

　どこからやって来たのだろう。不思議な気持ちで見ていると、黒ちび猫と目が合った。こんなに離れているのに、鳴き声が聞こえた。

〝なん〟

　少し、くぐもっていた。櫂や翔吾には、その姿が見えていないようだし、鳴き声も聞こえなかったようだ。

それほど驚かなかったのは、思い出ごはんを食べたことがあるからだろう。初めて見たにもかかわらず、黒ちび猫が誰なのかもわかった。翔吾の話に出てきたフクちゃんだ。あの世から、この美しいチューリップを見に来たのだと思った。

奇跡はそれだけではなかった。聞きおぼえのある鳴き声が琴子の耳に届いた。

〝みゃあ〟

ちびの声だった。いつの間にか、ちびねこ亭で留守番をしているはずの茶ぶち柄の子猫が、フクちゃんの隣に座っていた。これには驚いた。

〝どうして、ここに――〟

問いかけようとした言葉は、ちびに遮られた。声を立てるな、とでも言うように鳴いた。

〝みゃ〟

その瞬間、兄の姿が見えた。死んでしまった兄の結人が、チューリップ畑の向こう側で微笑んでいる。ちびねこ亭で思い出ごはんを食べたときとは違い、近づいては来ないし、兄と話すことはできないようだ。

けれど、それでも勇気づけられた。優しい微笑みに励まされた。自分を見守っていてくれているのだ、と思うことができた。

琴子の隣では、耀と翔吾もチューリップ畑の向こう側を見ている。遠くを見るような目で、じっと何かを見ている。翔吾の目には彼の祖母が、耀の目には母の七美《ななみ》が映っているのかもしれない。

過ぎ去った時間は戻ってこないが、思い出は消えない。この世は、優しい記憶であふれている。

明日は、今日よりきっといい日になる。今日までできなかったことも、明日にはきっとできるようになる。

できないと諦めるのは、まだ早い。自分には、たくさんの明日が残っている。変えることのできる未来がある。進みたい道がある。

〝なん〟

フクちゃんが別れを告げるように鳴いて、チューリップ畑の陰に隠れた。もう、ちびと兄の姿も見えない。琴子は、彼らをさがさなかった。

やがて麦茶の湯気が消えた。それが合図だったみたいに、ひとびとの話し声と足音が聞こえてきた。

美しいチューリップを――幸せな花を見に来たのだろう。畑の前に、いくつかの人影が見えた。

翔吾が琴子たちに頭を下げて、足音の主を出迎えに行った。挨拶をする声が聞こえる。朗らかな笑い声が聞こえる。

その様子を見て、櫂がベンチから腰を上げた。

「そろそろお暇《いとま》しましょうか」

そして、琴子に右手を差し出してきた。立ち上がるのを助けようとしてくれているのだ。

「はい」

迷うことなく頷いた。自分には、帰るべき場所がある。行かなければならない場所がある。

まずは、ちびねこ亭に戻ろう。留守番をしている脱走癖のある子猫の顔を見て、それから稽古場に行こう。自信が持てるようになったのかはわからないけれど、迷いは消えていた。

「ありがとうございます」

琴子は櫂の手を握り、ゆっくりと立ち上がった。彼がいれば、何度でも立ち上がることができる。どこまでても歩いていける。きっと、辛いことも乗り越えることができる。

今日という日が終わっても、明日がやって来る。未来に向かって進んでいく。

ちびねこ亭特製レシピ

落花生みそ

材料

・生落花生　適量
・みそ　適量
・蜂蜜　適量
・酒　適量
・サラダ油　適量

作り方

1　フライパンにサラダ油をひき、焦がさないように弱火で15〜20分位ゆっくりと渋皮付きの生落花生を煎る。
2　生落花生がよく煎れたら、蜂蜜、みそ、酒を入れ、かき混ぜながら火を通す。
3　ときどき味を見て、自分の好みに調整する。
4　最後にさらに蜂蜜を加えて照りを出して完成。

ポイント

渋皮は取ることもできますが、ポリフェノールや食物繊維が含まれているので、付いたまま料理するのがおすすめです。また、蜂蜜のかわりに、水飴や砂糖、オリゴ糖などを使っても美味しく仕上がります。

謝辞

この小説を完成させることができたのは、千葉県君津市の皆さんからお話を伺うことができたおかげです。特に、石井《いしい》ひろ子君津市長とお話しする機会を得られたことは、作品に大きなプラスとなりました。

第一話の『しまむらファーム&ガーデン』については、島村富士美《しまむらふじみ》さんにご教授いただきました。美味しいハーブティーをありがとうございました。

また、切り絵作家のすがみほこ先生には、袖ケ浦市のお話を伺うとともに、「ちびねこ亭の思い出ごはん」の切り絵をいただきました。大変お世話になりました。ありがとうございます。

そのほか、第一話の図書館については、君津市立中央図書館の和泉恵理子《わいずみえりこ》さんを始めとする職員の皆さまのお話を参考にいたしました。素敵な機会をいただき、ありがとうございます。

第四話の清和地区のチューリップについては、東舜吾《ひがししゅんご》さんより情報のご提供をいただきました。心より感謝いたします。

最後に、今作にかぎったことではありませんが、SNSで見かけた猫さんたちを一部モデルにいたしました。写真などを見せていただき、とても参考になりました。今後ともよろしくお願いいたします。

本作に登場する人物や事件は、すべて作者の想像によるものであり、実在する人物・猫・団体・場所等とは一切関係ありません。

光文社文庫

文庫書下ろし

ちびねこ亭《てい》の思《おも》い出《で》ごはん　チューリップ畑《ばたけ》の猫《ねこ》と落花生《らっかせい》みそ

著　者　高《たか》橋《はし》由《ゆ》太《た》

2023年7月20日　初版1刷発行

発行者　三　宅　貴　久
印　刷　萩　原　印　刷
製　本　ナショナル製本

発行所　株式会社　光　文　社
〒112-8011　東京都文京区音羽1-16-6
電話　(03)5395-8147　編　集　部
8116　書籍販売部
8125　業　務　部

ISBN978-4-334-79553-5　Printed in Japan

組版　萩原印刷